D1731413

Birgit Vanderbeke
Die Frau mit dem Hund

Birgit Vanderbeke

Die Frau mit dem Hund

Roman

Piper München Zürich

Mehr über unsere Autoren und Bücher:
www.piper.de

Von Birgit Vanderbeke liegt im Piper Verlag vor:
Das Muschelessen
Fehlende Teile
Friedliche Zeiten
Das lässt sich ändern
Gebrauchsanweisung für Südfrankreich

MIX
Papier aus verantwor-
tungsvollen Quellen
FSC® C014496

ISBN 978-3-492-05511-6
© Piper Verlag GmbH, München 2012
Gesetzt aus der Caslon Five-Forty
Satz: Kösel, Krugzell
Druck und Bindung: GGP Media GmbH, Pößneck
Printed in Germany

Bis zu jenem Oktoberabend war der siebte Distrikt ruhig und friedvoll gewesen. Die Bewohner waren damit beschäftigt, Bonuspunkte und -sterne zu sammeln, um das bevorstehende Weinfest angemessen begehen zu können. Sie bereiteten sich auf die Übertragung des Wettbewerbs der Kulturen vor, eines der wichtigsten Medienereignisse des Jahres, und außerdem hatte Kabel 7 eine neue Show aufgelegt, »Cosy Home«, bei der man anrufen, an einer Meinungsumfrage teilnehmen und, wenn man unter die ersten fünfzig Anrufer kam, etwas Schönes für die Wohnung gewinnen konnte. Jule Tenbrock beeilte sich auf dem Heimweg, um den Anfang nicht zu verpassen. Im Super-K hatten sie indische Woche, und Jule nahm die Komplettbox Maharani, Käsecracker, Kichererbsen-Masala und Obstsalat von exotischen Früchten, hielt rasch noch im Coffee-Point, um einen Cappuccino zu holen, und schaffte es dann in weniger als acht Minuten mit dem Pappbecher in der Hand nach Hause.

Schon zwei Wochen vor Beginn der Sendung waren die Gewinne in den Vitrinen der Stiftung auf der Meile ausgestellt und beschildert: nostalgisches Seifenregal, vier geschmackvolle Trio-Schalen für Snacks mit farbenfrohem Silikonuntersetzer, eleganter Zeitungsständer, hochwertiges Bettwäscheset. Jule Tenbrock war erpicht auf das romantische Blumenservice. Unzerbrechliche Luminose, geschwungene Linie, Grundfarbe Weiß, wahlweise mit Kornblumen- oder Klatschmohndekor. Jule hatte eine Schwäche für schöne Dinge, sie träumte von dem Candle-Light-Dinner aus dem Spot, mit dem »Cosy Home« angekündigt worden war: Die rote Tischdecke der Lotus-Serie hatte sie längst in ihrem Schrank. Zusammen mit dem passenden Besteckset, den beiden Kerzenhaltern und den Gläsern für Weiß- und für Rotwein hatte sie bereits im Vorfeld der neuen Show eine Menge Punkte in das Candle-Light-Dinner gesteckt.

Jule Tenbrock war eine fleißige Bonussammlerin, und seit sie den Job in der Wäscherei hatte, zusätzlich zu den drei Nachbarschaftsabenden pro Woche, an denen sie bei Frau da Rica vorbeischaute, war ihre Bilanz prächtig. Und wenn Frau da Rica demnächst den Gips abbekäme und sich wieder selbst versorgen könnte, würde Jule sich um jemand anders kümmern, sie war ein Muster an Engagement in der nachbarschaftlichen Wohltätigkeit. Fehlte allerdings noch dieses Luminose-Service mit dem Blumenmuster, weshalb sie die Sendung auf keinen Fall verpassen wollte. Die Nummer, unter der man beim Sender anrufen konnte, hatte sie längst programmiert, um später keine Zeit mit Wählen zu vergeuden und ganz sicher zu sein, dass es mit dem Service auch klappte.

Clemens wollte sie von dem Dinner erst etwas sagen, wenn sie das Geschirr auch wirklich in den Händen hätte. Und beim Dinner würde sich zeigen, ob aus Clemens und ihr etwas werden könnte.

Im Treppenhaus nahm sie sich rasch die Angebotsinfos vom Super-K, von der Superette und dem Konsomarkt, die in drei Bündeln auf dem Boden lagen; die Schnüre waren schon aufgeschnitten und lagen daneben. Schlamperei, dachte Jule und hob sie auf, der neue Hausdienst war einfach nicht auf der Höhe.

Sie nahm zwei Stufen auf einmal, solche kleinen Übungen sind unerlässlich für eine gute Figur, und war außer Atem, als sie im obersten Stockwerk ankam und beinah über das formlose graue Bündel gestolpert wäre, das da mitten auf der Treppe abgelegt worden war.

Im nächsten Moment ging das Licht aus.

Jule Tenbrock stieg an dem Bündel vorbei die letzte Stufe hoch und suchte den Knopf neben ihrem Namensschild. Sie würde sich bei der Stiftung über den Hausdienst beschweren, der etwas unförmig Graues vor ihrer Tür abgeladen hatte, das hier ganz sicher nicht hingehörte. Es war stockfinster im Flur, der verdammte Lichtschalter war nicht zu finden, Jule konnte die Hand vor den Augen nicht erkennen. Aber sie konnte etwas riechen.

Und plötzlich war es aus mit der Ruhe im siebten Distrikt. Im Bruchteil einer Sekunde verflog Jules

Unmut, ihr Ärger verwandelte sich in Herzrasen und blanke Panik.

Das Bündel roch eigenartig. Es roch lebendig und ganz eindeutig unsauber. Unhygienisch.

Der Lichtschalter war nicht dort, wo er hätte sein müssen, Jules Hand war nicht so ruhig, wie sie hätte sein müssen, und aus dem unhygienisch riechenden grauen Bündel kamen jetzt Töne. Etwas seufzte, schnaufte und röchelte unmenschlich aus dem Bündel heraus, es machte Töne, die Jule nicht kannte. Endlich wurde es wieder hell im Treppenhaus, Jule wollte nichts weiter, als in ihre Wohnung verschwinden und geschützt sein vor diesem keuchenden Ding auf der Treppe, sie wandte ihm den Rücken zu und versuchte, es einfach nicht gesehen zu haben, aber sie hatte es gesehen, bevor das Licht ausgegangen war, und in ihrem Rücken schnaufte es weiter.

Und dann fing es an zu sprechen.

'tschuldigung, sagte das Ding. Es hatte eine klare, junge Stimme.

Jule hielt in ihrer Bewegung inne, sah angestrengt ihre Wohnungstür an und dachte nach.

Dann drehte sie sich langsam um.

Oben schaute jetzt ein ungekämmter Kopf mit schwarzen Haaren aus dem Bündel heraus und sagte, 'tschuldigung, aber ich weiß nicht, wo ich hinsoll.

In der bläulichen Treppenhausbeleuchtung sah Jule, dass das Graue einmal ein Mantel gewesen sein musste, ein sehr großer, uralter, doppelreihig geknöpfter Herrenmantel, in dem heute ein weibliches Wesen steckte. Aus dem Inneren des Mantels schnaufte es weiter. Das Wesen selbst schnaufte nicht, also musste da noch jemand im Mantel stecken.

Jule schwieg. Das Wesen mit den wirren schwarzen Haaren schlug kurz den Mantel auseinander und sagte, ich und Zsazsa wissen nicht, wo wir hinsollen.

Das ist ein Hund, sagte Jule entsetzt beim Anblick des schnaufenden Tiers.

Zsazsa war ein Hund.

Ja, sagte das Wesen, das ist mein Hund.

Jule begriff auf der Stelle, dass dieses weibliche Wesen nicht aus dem siebten Distrikt und auch aus keinem der anderen Distrikte kommen konnte.

Auf dem gesamten städtischen Gebiet waren Tiere nicht zugelassen. Hund, Katze, Maus, gesundheitlich ein Graus.

Tiere gab es im Tierpark. Jule hatte sich einmal von Clemens dazu überreden lassen, ihre Freizeitsterne für eine Busfahrt in die Erlebnis-Arena zu nutzen. Alle schwärmten von dem magischen Wochenende mit Spiel, Sport und Spaß, und schließlich war sie Clemens zuliebe Autoscooter gefahren, hatte sich auf den Action Tower zerren lassen, in die Achterbahn, auf die gigantische Spiralrutsche, und zuletzt hatte auch ein Besuch im Tierpark auf dem Programm gestanden, mit der Bäreninsel, den Flamingos, den Zebras, einem Giraffenhaus und dem Seelöwenbecken. Die Abteilung Antarktis war geschlossen gewesen, weil die Pinguine Malaria hatten. Wie auch immer. Tiere gab es im Tierpark. Und die Erlebnis-Arena war nicht Jules Sache.

=

Dieses Wesen jedenfalls, das mitsamt seinem Hund vor Jule Tenbrocks Wohnung im Treppenhaus saß, konnte nicht von hier sein, es musste von draußen kommen.

Draußen, dachte Jule. Draußen war Detroit.

Sie spürte, wie sich bei diesem Gedanken das kalte Entsetzen in ihrem Inneren ausbreitete, vom Magen nach oben hochkroch, bis in die Brust, in den Hals.

Draußen, das waren die ehemaligen Fabrikbezirke um die Stadt herum, die schon vor Jahrzehnten aufgegeben worden waren, stillgelegt, sich selbst überlassen. Draußen gab es keine Ordnung, keine Stiftung, keinen Fernsehsender, keine Bonuspunkte und -sterne, keinen Telefonservice, das war der gesetzlose Gürtel am Rande der Stadt, das waren Kriminelle und Banden, die sich nachts durch die verlassenen Straßen trieben, dunkle Gestalten, Zeugnisse einer untergegangenen Zeit, Reste des letzten Jahrhunderts, die längst vom Netz der Gemeinnützigkeit genommen waren.

Dahinten herrschen Zustände wie im alten Detroit, sagte Clemens, wenn die Medien über die Zustände in den vorstädtischen Problemzonen berichteten. Die Nachrichten brachten regelmäßig Schreckensmeldungen – Häuser wurden geplündert und abgefackelt, von Prügeleien war die Rede, sogar Schießereien sollte es dort geben, und am bedenklichsten waren die Orgien, die die Banden veranstalteten; sie nahmen gefährliche Substanzen zu sich und fielen übereinander her, die Folge waren, so die Medien, grassierende Krankheiten und die Verbreitung bedrohlicher Seuchen, die nur mit Mühe von den innerstädtischen Distrikten ferngehalten werden konnten.

Jule wusste nicht so genau, was Detroit war, aber Clemens war mit dem Bus schon mehrmals zu einem seiner Einsätze in den Stiftungslaboren durch den Vorstadtgürtel hindurchgefahren, er wusste, wovon er sprach, und sagte, das, was sie in den Nachrichten bringen, ist noch harmlos gegen die tatsächlichen Zustände, das ist nur die Spitze des Eisbergs. In Wirklichkeit traut sich da gar kein Reporter rein, weil keiner Lust hat, abgeknallt zu werden oder sich irgendwas einzufangen.

Inzwischen sagte auch Jule Detroit, wenn sie von den Außenbezirken sprach; viele Bürger und Bürgerinnen im siebten Distrikt sagten Detroit dazu, ohne genau zu wissen, was das war. Dahinter fingen die Felder an, die manchmal im Fernsehen kamen, der Weizen, der Mais, der Raps, der Kohl, Felder, so weit das Auge reichte, die Gewächshäuser mit den Erdbeeren und Tomaten und die Labore, Fertigungsungszentren, Kühlhallen, die Schlachthöfe, Verladestationen, die gesamte Forschung und Versorgung.

Jule schaute auf das Bündel vor ihr. Sie hatte noch nichts gesagt, weil man nichts sagen kann, wenn ein Wesen mit Hund im Treppenhaus sitzt und nicht weiß, wo es hinsoll. Es war schwer zu entscheiden, ob es eine Frau oder ein Mädchen war. Der Hund hatte aufgehört mit seinen Tönen, er hatte eine spitze Nase aus dem Mantel herausgestreckt, Jule sah zwei dunkle Schlappohren und einen Hals mit honigfarbenen, kurzen Haaren. Das Tier verfolgte die Situation mit wachsamen braunen Augen, aber sein Geruch wurde immer stärker und unangenehmer; unhygienisch, dachte Jule. Sie hielt den Lichtknopf mit dem Zeigefinger gedrückt, um nicht noch einmal mit diesen fremden Eindringlingen vor ihrer Wohnung im Dunkeln stehen zu müssen, und fragte sich, was sie ausgerechnet von ihr wollten.

Was wollen Sie hier, sagte sie schließlich.

Weiß nicht, sagte das Wesen, sonst war nirgends offen, und hier war die Tür nicht eingerastet.

Dieser Hausdienst, dachte Jule, aber in dem Moment hörte sie unten die große Doppeltür ächzen und kurz darauf die unregelmäßigen Schritte von Abramowski.

Sie wusste, jetzt hatte sie nicht mehr viel Zeit.

Im Treppenhaus roch es nach Tier. Jule spürte einen Anflug von Übelkeit und Unwillen. Was wollten die hier. Über der rechten Augenbraue des Wesens sah sie einen blutigen Riss. Vier Augen starrten ihr ins Gesicht, und Abramowski kam in großen Schritten nach oben.

Mit der Ruhe im siebten Distrikt würde es vorbei sein. Sie würde ihrem Nachbarn nicht gut erklären können, wer dieses Wesen war, Wesen mit stinkendem Hund, also schloss sie rasch die Wohnungstür auf, legte einen Zeigefinger auf die Lippen, scheuchte die Frau mit dem Hund nach drinnen und machte die Tür wieder zu, bevor Abramowski den vierten Stock erreicht hatte.

Dann legte sie das Ohr an die Tür und wartete, bis die Tür gegenüber geschlossen wurde.

*

Pola Nogueira stand in Jule Tenbrocks Flur. Sie wäre gern hineingegangen in das kleine Wohnzimmer, das sie vom Flur aus sehen konnte, vor allem hätte sie sich gern hingesetzt, aber sie traute sich nicht. Neben ihr saß ganz still der Hund. Beide musterten das cremefarbene Sofa und die dazu passenden cremefarbenen Sessel vor sich. Pola war dankbar, dass sie bei einer Frau gelandet waren, einer jungen Frau, die vermutlich ungefährlich war, bei Männern konnte man es nicht wissen, aber sie begriff schnell, dass das hier keine Lösung für länger sein würde.

Höchstens einmal duschen, im Glücksfall baden, vielleicht etwas essen, dachte sie, und dann nichts wie weg.

Sobald die Tür ihres Nachbarn zugefallen war, wurde Polas Gastgeberin hektisch, verschwand in einem kleinen Badezimmer und kam gleich darauf mit einer Sprühflasche wieder heraus. Dann machte sie ganz leise ihre Wohnungstür wieder auf, schlich auf Zehenspitzen hinaus und versprühte einen süßlichen Duft im Treppenhaus, schloss danach rasch ihre Tür und wurde dann erst wieder etwas ruhiger. Jule stand im Flur, horchte eine Weile nach draußen, aber da tat sich nichts mehr.

Bio-Dekontamination, sagte sie dann.

Bio-Dekontamination, wiederholte die Frau mit dem Hund ungläubig.

Das Wort schien ihr von einem anderen Stern zu kommen, so lächerlich wenig hatte es mit dem Leben zu tun, das sie in den letzten Monaten geführt hatte, in der langen Zeit, seit ihre Großmutter gestorben war und sie Klein-Camen verlassen hatte und mit Zsazsa durch die endlosen Felder in Richtung Stadt unterwegs gewesen war, bis sie schließlich die Vororte erreicht hatte, die längst vom Netz genommen und großenteils zerfallen waren.

Pola hatte fast vergessen, was eine richtige Wohnung ist. Zuletzt hatte sie im Geräteschuppen einer Villa gewohnt, deren Türen und Fenster vernagelt waren, wahrscheinlich hatten die Besitzer die Bretter angebracht, als sie einer nach dem anderen das Villenviertel aufgegeben und geglaubt hatten, eines Tages wieder zurückkommen zu können. Einige Villen waren aufgebrochen, hier und da waren ein paar inzwischen wieder bewohnt. Die meisten Villen aber in der Gegend, in der Pola untergekrochen war, standen geplündert sperrangelweit offen und waren tot. Nichts als alte Häusergerippe, durch die der Wind hindurchfegte.

Neben Pola wohnten Isabella und Pinkus, Einzelgänger, die nicht in die ehemaligen Neubaugebiete ziehen mochten, wo mehr los war, aber manchmal nahmen sie Pola mit, wenn am Grillplatz die großen Feuer brannten, und Pola fühlte sich sicherer, wenn sie mit Isabella und Pinkus ging, allein hätte sie nicht in die Neubaugebiete gehen mögen, in denen kaum Frauen lebten. Nicht dass sie Angst gehabt hätte, Angst hilft nicht. Aber Zsazsa hatte seit der Sache auf den Feldern schreckliche Angst vor Männern.

Jetzt war Pola zum ersten Mal wieder in einer richtigen lebenden Wohnung mit sauberen cremefarbenen Sesseln, die genau zu einem cremefarbenen Sofa passten, auf dem die Bewohnerin in aller Ruhe lesen könnte, Musik hören, fernsehen, es gab Lichtschalter, Steckdosen, Strom, aus der Leitung kam fließendes Wasser. Und das alles schüchterte Pola nach den vergangenen Monaten etwas ein, also drückte sie sich noch im Eingangsbereich herum und wagte sich nicht in den Raum mit dem sauberen flauschigen Teppich.

Da fragte Jule Tenbrock plötzlich in Polas Andacht hinein nach ihrer Di-Card.

Was für eine Karte, sagte Pola.

Ihre Distrikt-Card, sagte Jule. Ihre Registrierung.

Was für ein Distrikt.

Der siebte, sagte Jule, wir sind hier im siebten Distrikt.

Di-Card ist nicht, sagte Pola und schüttelte den Kopf mit den wirren schwarzen Haaren.

Jule Tenbrock warf einen Blick auf Zsazsa und sagte, das dachte ich mir.

Danach entstand eine kleine Pause, in der sie überlegte, ob sie die Leptospirose-Epidemie erwähnen sollte. Jedes Kind wusste, dass die mutierte Leptospirose Tausende Todesopfer gefordert hatte. Sie war nach den Stürmen aus Nicaragua, den Philippinen, Brasilien eingeschleppt worden, hatte sich in nordwestlicher Richtung rasend verbreitet und war nur durch die neue Seuchenverordnung vom Stadtgebiet fernzuhalten gewesen. Hund, Katze, Maus. Das hatte Jule Tenbrock wie jedes Kind schon in der Pflichtschule gelernt, aber die Frau mit dem Hund hatte offenbar die Pflichtschule nicht besucht, jedenfalls nicht im siebten Distrikt, und wo sie herkam, wusste man womöglich nichts von der Leptospirose und ihren Folgen, man wusste es nicht oder hatte es wieder vergessen. Jule Tenbrock beschloss, dass es sinnlos war, davon jetzt zu sprechen.

Pola verfolgte auf dem Gesicht ihrer Gastgeberin, wie diese mit sich kämpfte, sie konnte die widerstreitenden Empfindungen nicht entschlüsseln, umso überraschter war sie dann, als Jule sich schließlich trotz ihres inneren Widerstrebens überwand und ihr die Hand gab.

Ich bin Jule Tenbrock, sagte sie.

Anschließend verschwand sie in ihrem Badezimmer, um sich die Hände zu waschen.

Als sie wieder zurückkam, sagte sie, und wer sind Sie, so ganz ohne Di-Card.

Pola Nogueira, sagte Pola, und Zsazsa kennen Sie ja schon. Auch keine Distrikt-Karte.

Sie bluten ja. Sie sind verletzt, sagte Jule und zeigte auf Polas Stirn.

Ist bloß ein Kratzer, sagte Pola und strich mit dem Finger darüber, um zu zeigen, dass die Wunde schon verschorft war, aber Jule schüttelte den Kopf und murmelte kaum hörbar etwas von Infektion und dass das versorgt werden müsse.

Ich hol rasch das Polyhexanid, sagte sie und verschwand noch einmal im Bad.

Pola war entmutigt. Unter Versorgung hätte sie sich etwas zu essen und zu trinken vorgestellt, eine Dusche und dann vielleicht ein Bett, aber Jule Tenbrock bestand auf dem antibakteriellen Mittel, dessen Namen Pola nicht kannte, und als das Pflaster klebte, sagte Jule, über die ganze Aufregung haben wir jetzt die Show verpasst. Ist diesmal nichts mit dem Luminose-Service. Schade.

Was für eine Show und was für ein Service, fragte Pola.

Jule zeigte auf die Vitrine hinter ihrem Sofa und sagte, ich habe eine Schwäche für schöne Sachen.

Ziehen Sie doch Ihre Schuhe aus, sagte sie dann.

Es war eine Einladung, ihr Zimmer zu betreten.

Gern, sagte Pola erleichtert.

Während Jule von der Show und dem Service erzählte, unzerbrechliches Luminose-Material, Kornblume oder Mohn, schaute Pola sich Jules schöne Sachen an. Sie war befremdet.

Da war ein herzförmiger Schmetterlingsschmuckteller, der aufrecht an der Wand lehnte, und davor war ein sonderbares Sammelsurium drapiert. Runde Holzkästchen, mit Phantasievögeln und Orchideen bemalt, verschiedene Blech- und Holzdosen, manche lackiert, manche mit Blumenapplikation, ein paar Schüsseln, eine gelb lackierte Handtasche, eine scheußliche kleine vergoldete Standuhr, ein paar Gläser, etliche Tassen und Becher, zwei Puppen, die eine im Anzug, die andere im weißen Hochzeitskleid, dann noch Stofftiere, Teddybär, Krokodil, Papagei, sowie zwei verschnörkelte Kerzenständer.

Pola sah ihren Hund an und strich ihm über den Kopf. Sie dachte daran, dass Zsazsa, ganz brav, keinen Mucks von sich gegeben hatte, obwohl sie halb verhungert sein musste nach den beiden Tagen, in denen sie durch den Wald gestolpert waren und Pola gedacht hatte, sie würden nie aus dem Dickicht finden.

Es war klar, dass Jule Tenbrock in ihrem Element war, wenn sie von den schönen Dingen sprach, die sie schon gewonnen hatte und die sie noch vorhatte zu gewinnen, sie hätte stundenlang weiter davon erzählen können, aber Pola unterbrach die Erzählung.

Ich will nicht unhöflich sein, sagte sie, als Jule Tenbrock eine Pause machte, aber könnten wir wohl ein Stück Brot haben.

Jule Tenbrock hörte auf zu reden und sah plötzlich aus der Bahn geworfen und entgeistert aus. Sie antwortete nicht.

Sie ist schockiert, dachte Pola.

Brot jedenfalls schien es in ihrer Welt der Shows und schönen Dinge nicht zu geben, und als Pola vorsichtig sagte, vielleicht ein Glas Milch, sah Jule Tenbrock aus, als würde sie gleich in Ohnmacht fallen, aber schließlich fing sie sich und sagte, vielleicht mögen Sie einen Kaffee.

Danke, gern, sagte Pola, und wenn Sie etwas Wasser hätten.

Zum Kaffee noch dazu, fragte Jule.

Pola öffnete ihren Rucksack und zog eine Schüssel hervor, die ganz oben auf ihren Sachen lag.

Für den Hund, sagte sie und sah, wie ihre Gastgeberin allein bei dem Wort schon erstarrte.

Wo kommen Sie her, fragte Jule Tenbrock dann.

Pola spürte, dass sie das nicht aus Neugier sagte, sondern bloß, weil sie irgendetwas sagen wollte, während sie Kaffeepulver in einen Becher tat und im Bad heißes Wasser darüberlaufen ließ. Anschließend rührte sie ein Tütchen weißes Pulver hinein. Auf dem Tütchen stand »Kaffeeweißer ohne Laktose«, auf dem Becher »Guten Morgen, ihr Lieben«, darunter »wünscht Kabel 7«.

Pola, nachdem sie die Aufschriften gelesen hatte, sagte langsam, ich kann mir nicht vorstellen, dass Sie das wirklich wissen wollen.

Was, sagte Jule. Sie hatte ihre Frage längst vergessen.

Wo ich herkomme, sagte Pola.

Jule Tenbrock musste so Mitte zwanzig sein.

Doch, will ich, sagte sie, aber Pola schüttelte nur den Kopf.

Jule betrachtete das Pflaster mit dem Polyhexanid, das sie über Polas Auge geklebt hatte.

Nein, sagte sie, Sie haben recht. Ich will's gar nicht wissen. Wasser gibt's im Badezimmer, bedienen Sie sich. Auf dem Waschbecken steht das Vaporix. Und nehmen Sie den blauen Lappen.

19

Bio-Dekontamination, dachte Pola, während sie später über die Kacheln wischte, nachdem Zsazsa getrunken hatte, als wäre sie am Verdursten gewesen.

Schließlich fiel Jule Tenbrock wieder ein, dass die Frau und der Hund Hunger hatten. Ich hätte da noch die Komplettbox, sagte sie und holte eine Schachtel aus ihrer Handtasche. Das wäre mir jetzt sowieso viel zu viel.

In Anwesenheit des Hundes und wegen Zsazsas nasser Nase war ihr der Appetit vergangen.

Käsecracker, sagte sie, als sie den Deckel von einem der drei Kartons ihrer Essensschachtel hochklappte, und endlich: Ziehen Sie doch Ihren Mantel aus, und setzen Sie sich. Sie zeigte auf einen Sessel.

Danke, sehr nett, sagte Pola und behielt den Mantel an, als sie sich setzte.

In dem Moment, als sie den weichen Sessel unter sich fühlte und darin versank, gab irgendetwas in ihr nach, was sie bis eben aufrecht gehalten hatte. Ihr wurde schummerig, das Zimmer verschwamm, und sie fühlte sich schwach. Ihre Knöchel waren geschwollen, und der Rücken tat ihr weh.

Es ist wirklich nett von der Frau, dachte sie. Sie sah, was für eine Überwindung es Jule Tenbrock kostete, zwei schmuddelige Eindringlinge in ihrer sauberen Wohnung zu haben und trotzdem noch halbwegs höflich zu sein, aber es war ihr egal, sie wollte nur noch irgendwo sitzen, die Füße hochlegen, essen, duschen und schlafen.

Die waren eigentlich für die Show, die Käsecracker, sagte Jule Tenbrock, und Pola brachte halb bewusstlos noch heraus: Die Show mit dem Blumenservice.

Jule seufzte und sagte, dann werde ich mal das Masala warm machen. Und während sie mit der Packung am anderen Ende ihres Wohnzimmers an der Mikrowelle beschäftigt war, gab Pola ihrem Hund unauffällig ein paar von den bleichen Dingern, die ihre Gastgeberin Käsecracker genannt hatte.

Gutes Tier, flüsterte sie Zsazsa zu.

*

Timon Abramowski war noch nicht im dritten Stock angekommen, als sich seine Nasenflügel unruhig zu bewegen begannen.

Es war ein ungewohnter Geruch im Treppenhaus, einer, der von weit her kam, aus einer anderen Zeit, und den er zwar nicht vergessen, aber doch seit Langem irgendwo tief in sich drinnen, in seinem Gedächtnis begraben hatte. Er hätte nicht gedacht, dass er ihn je wieder riechen würde. Er schloss die Augen und sog ihn ein.

Abramowski hatte nicht immer im siebten Distrikt gelebt, er kannte den Geruch von Hunden, er blähte seine Nasenflügel weit auf, um noch mehr davon aufzusaugen, und spürte eine verrückte Lebenslust in sich aufsteigen; mit dem Geruch von Zsazsa kam der seines eigenen Hundes zurück und mit diesem der Geruch von Erde, von frisch geernteten Kartoffeln, von Zwiebeln und Knoblauch, die zum Trocknen vor den Häusern hingen. Zwischen dem dritten und dem vierten Stockwerk brach eine Geruchslawine auf Timon Abramowski hernieder, die all seine Sinne weckte, in der Lawine roch Abramowski frisches Brot, eine Suppe, die stundenlang vor sich hingeköchelt hatte, den modrigen Duft der Algen am Ufer des kleinen Hainegger Sees, Sauerkraut. Den Wind aus dem Wald. Bratkartoffeln.

Bratkartoffeln, dachte er, während er seine Wohnungstür aufschloss und dann einen Moment lang offen ließ, um eine Brise hineinzulassen, bevor er die Tür wieder zumachte.

Auch bei Abramowski wurde an diesem Oktoberabend die Konsole nicht angerührt, weder für die neue Show auf Kabel 7 noch für einen anderen Kanal oder sonst eine Unterhaltung, obwohl Abramowski wieder einmal einen Film auf dem Stick in seiner Tasche hatte, einen Sandalenfilm, früher Kubrick, der ihn das Vermögen von siebzig Punkten gekostet hatte. Für die siebzig Punkte hatte er immerhin drei Nachmittage drangegeben, um die Distrikt-Meile für das anstehende Oktober-Weinfest vorzubereiten.

Siebzig Punkte finde ich ziemlich happig, hatte er gesagt, wie immer, wenn er sich von Rudi Tietsche einen Film auf den Stick laden ließ, und Tietsche hatte gesagt, tja, du kannst natürlich auch rübergehen zum Discount und dir was von denen holen. Abramowski hatte gesagt, schon gut, ich weiß ja; er hatte Tietsche seine Di-Card hingehalten und sich in drei Sekunden für diesen monumentalen

Kubrick, von dem er natürlich wusste, dass er ihn im Filmdiscount nicht finden würde, seine drei Nachmittage Vorbereitung für das Weinfest abbuchen lassen. Drei Nachmittage, an denen er unzählige Fässer aus dem Lager gerollt und auf einer Sackkarre ins Gedränge der Meile gefahren hatte.

In der Meile wimmelte es in solchen Zeiten von Ehrenamtlichen. Die einen schraubten Tischplatten auf die Fässer, um rustikale Stehtische daraus zu machen, die später mit Weinlaub, Kürbissen und Trauben auf Herbst dekoriert wurden, andere holten Mehl- und Kartoffelsäcke und die Strohballen aus der Requisite neben der City Hall, wo auch die Trachten- und Folklorekostüme für die Auftritte bei den Shows und den Festen eingelagert waren. Überall in der Meile standen Leute auf wackeligen Leitern und brachten Girlanden und Lichterketten an, in der Mitte wurde ein riesiger Grill aufgebaut, in der Nähe des Eingangs eine altmodische Küchenzeile.

Abramowski mochte die Enge nicht, die vor den Festen dort herrschte, die Mischung aus Passanten und ungeschickten, hektischen Freiwilligen, die sich gegenseitig auf die Füße traten. Er mochte die Feste nicht, auf die sich alle wie verrückt freuten. Wenn es ihm nicht um den Kubrick gegangen wäre, hätte er sich bestimmt nicht für die Eventvorbereitung gemeldet und auf einer Sackkarre Fässer durch die Gegend gerollt.

Aber jetzt blieben die zweieinhalb Stunden Kubrick auf dem Stick in seiner Tasche, denn auch bei Abramowski waren an diesem Abend Ruhe und Frieden hin, weil ganz offensichtlich die Tenbrock nebenan einen Hund in der Wohnung hatte.

Sein eigener Hund hatte Abraxus geheißen. Er hatte ihn bei seinen Eltern auf dem Land gelassen, als er die Stelle bei der Stiftung bekam.

Er war gern in Hainegg gewesen. Sein Großvater hatte das »Capitol« betrieben, ein kleines, aber sehr feines altes Filmtheater, das jahrelang ein Geheimtipp für Cineasten gewesen war. Sein Vater hatte es übernommen, als die Zeit des großen Kinos und der Illusionen schon vorbei war, und Timon war von Kind an einfach so hineingewachsen. Er war wohl Hunderte Male dabei gewesen, wenn sein Großvater in seinem Vorführraum stand, der Projektor surrte vertraut, und der Großvater deutete auf die Leinwand und sagte, das hier, mein Junge, das hier wird einmal dein Gedächtnis. Was für ein Gedächtnis, hatte Timon gesagt, und der Großvater hatte ihm geantwortet, jede Zukunft braucht ein Gedächtnis, und euer Gedächtnis liegt hier.

Im »Capitol«, hatte Timon ungläubig gefragt.

In Hainegg, im »Capitol«, hatte der Großvater gesagt.

Als Timons Vater sich später aus dem »Capitol« zurückzog, dachte Timon nicht daran, es zu schließen. Er dachte an Modernisierung, Digital Cinema war das große Wort, aber dann kamen die Jahre der Wirtschaftskrise, der Unruhen, des Umbaus der Welt, es war weiter bergab gegangen, Timon schlug sich die Anschaffung eines Digitalprojektors aus dem Kopf und machte sich auf die Suche nach Investoren, die es natürlich in Hainegg nicht gab: Die Stiftung hatte die kleinen Städte und Dörfer längst aufgegeben, aber schließlich tat Timon ein paar alte Filmliebhaber auf und gründete einen Förderverein, der das Kino eine Weile eher schlecht als recht am Leben erhielt, solange die Zukunft noch nicht ohne Gedächtnis auskommen mochte.

Timon Abramowski liebte Hainegg und sein Kino, er hatte einmal im Monat einen Klassiker im Programm, Ernst Lubitsch, Fritz Lang, oder einen Film, der nur schwer zu bekommen war, »Der silberne Hengst«, »Film ohne Titel«, »Yellow Sky«, den er niemals unter seinem deutschen Titel ins Programm nahm, weil er fand, dass »Herrin der toten Stadt« kein Titel, sondern eine Filmschändung sei; eigentlich bestellte er die Klassiker und Raritäten nicht für sein Publikum, das diese Filme nicht kannte, sondern nur, weil er dann an seinen Großvater dachte, der ihn so oft in seinen verqualmten Vorführraum mit dem surrenden Projektor mitgenommen hatte, als er noch klein war, und er war stolz gewesen, wenn er die Filmdosen auspacken und später dem Opa zum Wechseln anreichen durfte.

Timon wusste, dass außer ihm schon längst niemand mehr seine Klassiker und Raritäten sehen wollte, trotzdem ärgerte es ihn, dass an diesen Abenden höchstens ein paar vom Förderverein kamen, aber wegen der lächerlichen roten Zahlen, die das »Capitol« schrieb, wäre er nicht auf die Idee gekommen, das Kino, Hainegg, sein Gedächtnis aufzugeben und sich bei der Stiftung zu bewerben.

25

Seine Mutter allerdings hatte nicht abwarten wollen, bis das »Capitol« bankrott sein würde. Sie hatte hinter Timons Rücken die erforderlichen Unterlagen für die Stiftung zusammengesucht, Timons Zeugnisse, seinen Lebenslauf als erfolgreicher Kinobetreiber; das Gesundheitsattest hatte ihr der alte Doktor Pabst aus Gefälligkeit ausgestellt und zuletzt feierlich seinen Stempel daruntergesetzt. Die Papiere hatte sie mit einem Bewerbungsschreiben in einen Umschlag getan, ohne ihrem Sohn oder ihrem Mann etwas davon zu verraten.

Auf dem Land gibt es keine Zukunft, hatte sie später gesagt, als Timon zum Vorstellungsgespräch in die Stadt eingeladen worden war, als er zuerst die Stelle nicht wollte, weil er nicht glauben mochte, dass sein Kino, dass Hainegg, dass all die kleinen Städtchen und Dörfer keine Zukunft hatten, und heute wusste er natürlich, dass sie recht gehabt hatte, seine Mutter, kaum hatte er Hainegg den Rücken gekehrt, löste der Förderverein sich auf, und das »Capitol« wurde keine zwei Monate später geschlossen; aber damals war er wütend auf seine Mutter gewesen und hatte sich ihre dauernden Übergriffigkeiten verbeten, und noch wütender war er geworden, als ihm sein Vater in den Rücken fiel und auch etwas von der Zukunft murmelte, von den kläglichen Bilanzen des »Capitol«, von der sicheren Stelle bei der Stiftung, während in Hainegg längst alles vorbei sei. Das bröckelt noch ein paar Jahre vor sich hin, hatte der Vater gesagt, und dann kannst du Hainegg vergessen.

Heute war Hainegg von der Landkarte gestrichen, Timon Abramowski hatte gut daran getan, dem Rat seiner Eltern zu folgen. Aber jetzt, an diesem Oktoberabend, war er wieder in seinem Kino, in der kleinen Stadt seiner Kindheit. Roch er das alte Kino, den Vorführraum, wenn der Projektor heiß wurde und der Qualm sich mit den Zigaretten des Großvaters mischte.

Dann hörte er, wie bei seiner Nachbarin leise die Tür aufgemacht und wieder geschlossen wurde, und abrupt war es aus mit den Algen am Ufer, den Bratkartoffeln und den anderen Gerüchen seiner Kindheit; stattdessen drang die bekannte Duftwolke in Abramowskis Wohnung. Seit Jule Tenbrock in der Wäscherei beschäftigt war, benutzte sie dieses ekelhaft süße Vaporix aus der globaseptischen Produktpalette. Heute war es »Dark Lavender«.

Abraxus war während der Leptospirose-Epidemie eingeschläfert worden, als Hunde und Katzen in die Seuchenverordnung aufgenommen worden waren. Seine Mutter hatte es ihm geschrieben: Gestern Nachmittag hat Abraxus eine Spritze bekommen und ist friedlich eingeschlafen.

Abramowski erinnerte sich daran, dass Milos Rahman, mit dem er sich zu der Zeit das Stiftungsbüro im ersten Distrikt teilte, nicht daran geglaubt hatte, dass die mutierte Leptospirose, die aus Nicaragua, den Philippinen, Brasilien eingeschleppt worden sein sollte, der eigentliche Grund für das städtische Haustierverbot gewesen sei.

Rahman, als er die Verordnung der Public-Health-

Agentur durchgelesen hatte, hatte gesagt, da lachen ja die Hühner.

Er, Abramowski, hatte Rahman gefragt, ob er nicht an die Mutation der Leptospirose glaube, und Rahman hatte langsam gesagt, doch doch, natürlich glaube ich daran, und dabei hatte er mit dem linken Zeigefinger kurz das Augenlid seines linken Auges heruntergezogen.

Letzten Endes verstanden sie aber beide nicht viel von Leptospirose, so wenig wie später von den Staphylokokken, den Echinokokken, der Ruhr oder den Salmonellen, über die die Hühner dann nicht mehr lachten.

Abramowski als ehemaliger Kinobesitzer und Rahman waren in der Abteilung Familie und Sozialwesen beschäftigt und dort zuständig für Kinder- und Jugendschutz. Die beiden hatten die Jobs, um die ihre Kollegen sie beneideten: Die sehen sich den lieben langen Tag alte Filme an, sagten die Kollegen, alles Filme, in denen geraucht, gesoffen, gehurt und geflucht wird, und dann brauchen sie nichts weiter zu machen, als bei den Produktionsfirmen anzurufen und durchzusetzen, dass das Rauchen, Saufen, Herumhuren und Fluchen, die ganzen Schweinereien aus den Filmen herausgeschnitten werden, was für ein Job. Freiwillige Selbstkontrolle.

Seit der Leptospirose-Epidemie wurden auch Hunde und Katzen herausgeschnitten, und seit Abramowski durchgesetzt hatte, dass aus »Frühstück bei Tiffany« der namenlose Kater herausgeschnitten wurde, der immerhin eine tragende Nebenrolle hatte, besaß er eine der letzten Originalfassungen und hatte ein Filmplakat von Audrey Hepburn in seiner Wohnung hängen, eines mit der endlos langen Zigarettenspitze, die irgendwann auch aus dem Film entfernt worden war.

Mit der Bakteriologie allerdings hatten Abramowski und Rahman nichts zu tun, das war eine Abteilung, die wegen des Gefahrenpotenzials nicht in der Stadt betrieben wurde, sondern ausgelagert war, in die Labore und Forschungszentren, und Abramowski hatte verstanden, dass Rahmann skeptisch war, trotzdem hatte er schließlich beschlossen, an die bakteriologische Abteilung und die mutierte Leptospirose zu glauben, weil er es nicht hätte ertragen können zu denken, dass Abraxus womöglich grundlos eingeschläfert worden war, umsonst gestorben.

Wenn er sich vorhin nicht geirrt hatte, in den kurzen ekstatischen Augenblicken im Treppenhaus, zwischen dem dritten und vierten Stock, bevor kurz darauf die Geruchslawine von der Lavendelwolke gestoppt worden war – wenn Abramowski sich nicht geirrt hatte, befand sich in der Wohnung seiner Nachbarin ein Hund.

Und dann, dachte Timon Abramowski, hätte die saubere Jule Tenbrock ein handfestes Problem, das sie mindestens ihren Job in der Wäscherei kosten würde, für den sie so ziemlich alles getan hatte, was ein Bewohner des siebten Distrikts nur tun konnte.

*

29

Eines war klar: Jule Tenbrock hatte ein handfestes Problem in ihrer Wohnung sitzen. Zuerst dachte sie daran, Clemens anzurufen und zu fragen, ob er zu ihr herüberkommen könne, aber das war ungefähr das Dümmste, was sie hätte machen können. Wie hätte sie Clemens erklären sollen, dass sie eine wildfremde Person mit einem Hund in die Wohnung gelassen hatte und nun nicht wusste, wie sie sie wieder loswerden könnte.

Jule konnte förmlich hören, was er ihr für einen Vortrag halten würde.

Ich muss dir wohl nicht sagen, was du in meinem Seminar alles gelernt haben solltest, würde er sagen, und Jule fiel ein, was sie alles gelernt hatte und wogegen sie soeben verstieß. Clemens hatte alle Seminarteilnehmer genauestens über alles aufgeklärt, was in einer Wäscherei auftreten kann, Wäsche ist einer der Hauptfaktoren für alle Arten von Infektionen, hatte er dem künftigen Wäschereipersonal eingeschärft, Viren, Bakterien, Parasiten; bei dem Gedanken an die Parasiten dachte Jule jetzt an Läuse und Flöhe, und es fing sie an zu jucken wie verrückt. Von wegen Risikoeliminierung; sie hatte dem Risiko ihre Tür geöffnet, und jetzt saß es da und war mit ziemlicher Sicherheit ein Verstoß gegen die Gefahrstoffverordnung, all das hatte man in Clemens' Seminaren zu lernen, bevor man auch nur einen Fuß in die Wäscherei setzen durfte. Jule Tenbrock konnte nur hoffen, dass Abramowski den Geruch im Treppenhaus nicht mitbekommen hatte, und sie spürte bereits den Hautausschlag, den sie morgen mit sich herumtragen würde, in und auf Tieren wimmelt es nur so von Bakterien, Flöhen, Läusen, Milben und Würmern, Cestoden, Echinokokken, Jule zählte sich auf, wovon es nur so wimmelte. Bei den Echinokokken war sie sich nicht ganz sicher.

Was weiß ich, dachte sie, gibt es sieben oder neun Sorten davon, Fuchsbandwurm, Hundebandwurm, egal. Escherichia coli.

Clemens war der Letzte, dem sie etwas davon sagen konnte, dass sie eine Frau mit einem Hund zu Gast hatte, wenn sie das Candle-Light-Dinner demnächst nicht gefährden wollte, aber aus dem Candle-Light-Dinner, dachte sie, würde wohl erst einmal sowieso nichts werden, weil ihr das Luminose-Service mit dem Klatschmohndekor, auf das sie sich so gefreut hatte, heute Abend durch die Lappen gegangen war. Sie hätte jedenfalls nicht die Kornblumen, sondern den Klatschmohn genommen, aber so oder so, ohne das Service würde das Candle-Light-Dinner eine unromantische Angelegenheit werden, selbst wenn sie fünfzig Extrapunkte ausgeben und ein Dim-Sum-Menü von dem chinesischen Lieferservice bestellen würde, der kürzlich in der Meile aufgemacht und zur Eröffnung einen Probiertisch vor dem Imbiss aufgestellt hatte, wo ein chinesischer Spezialkoch vor den Augen der Kunden eine Auswahl an Kostproben frisch zubereitet hatte; es war sensationell, aber auch eine sensationelle Dim-Sum-Box würde eine Box sein und bleiben, und was Romantik betrifft, geht nichts über »Cosy Home«, einen gedeckten Tisch, ein Service und richtige Gläser.

Pola Nogueira aß, als hätte sie wochenlang nichts in den Magen bekommen, und während Jule das Kichererbsen-Masala in die Mikrowelle stellte, tat sie, als würde sie nicht sehen, dass Pola die Käsecracker an ihren Hund verfütterte, Jules Käsecracker, die Jule sich für ihren gemütlichen Abend auf ihrer Couch vor ihrer Konsole ausgesucht hatte.

Nach dem Essen sollten Sie besser gehen, sagte sie, als Pola sich über den Obstsalat hermachte.

Pola erstarrte, den Plastiklöffel auf halber Höhe zwischen der Packung und ihrem Mund.

Dann sagte sie, ich kann da jetzt nicht wieder raus.

Aber hier können Sie nicht bleiben, sagte Jule. Es sollte bestimmt und entschieden klingen, aber es klang kleinlaut.

Auf dem Sofa, sagte Pola. Ich kann auf dem Sofa schlafen, das macht mir nichts aus. Ich kann auch auf dem Boden schlafen, sagte sie, als sie den Blick ihrer Gastgeberin sah.

Die Vorstellung, eine ganze Nacht lang ihre Wohnung mit einem Hund teilen zu müssen, war abstoßend für Jule Tenbrock. Auf einem hellgelben Teppichboden sieht man alles, aber das war noch nicht das Schlimmste. Das Schlimmste, fand Jule, war das, was man nicht sehen würde.

Aber dann sah sie die zierliche Frau an, die ganz in einem der cremefarbenen Sessel versunken war, die schwarzen Ponyfransen hingen ihr unordentlich ins blasse Gesicht, womöglich hatte sie Angst, dachte Jule, auf jeden Fall war sie müde und ziemlich fertig.

Jule Tenbrock hatte das Seminar für die Wäscherei besucht. Das war nichts für empfindsame Seelen. Sie hatte gelernt, dass die Welt sich in einem unerbittlichen schmutzigen Mikrobenkrieg befand, den sie nicht verlieren durfte, aber zugleich hatte Jule ein Herz. Sie konnte nichts dagegen tun. Pola tat ihr leid. Über den Hund mochte sie nicht nachdenken.

Können Sie nicht wieder dahin, wo Sie hergekommen sind, sagte sie halbherzig.

Schon mal was von der Agrarreform gehört, sagte Pola.

Der Hund gähnte plötzlich. Er war mittelgroß und eigentlich sanft und sah freundlich aus mit seinen Schlappohren und diesen braunen Augen, solange er sein spitzes Maul nicht aufmachte, aber jetzt riss er es sehr weit auf. Seine Zähne waren eindrucksvoll. Jule Tenbrock wurde klar, dass die Frau mit dem Hund die besseren Argumente hatte und bleiben würde.

Also gut, sagte sie, aber nur diese eine Nacht.

*

Der Hund in der Nachbarwohnung ließ Timon Abramowski keine Ruhe.

Er spürte, dass dies kein Pizza- und kein Kubrick-Abend war, hier spielte sich etwas ab, das nicht in die Welt seiner Filme gehörte, sondern ins Leben, über das er nachdenken sollte, weil es womöglich gefährlich werden würde. Gedächtnis und Zukunft, dachte

Timon und verstand plötzlich, wie beide miteinander zusammenhingen, weil die Zukunft jetzt da war und sein ganzes Gedächtnis brauchen würde.

Timon Abramowski kannte seine Nachbarin nicht besonders gut. Wie man sich eben kennt. Ein paarmal hatte er einen Blick in ihre Wohnung werfen können, die vollgestopft mit Gewinnplunder und Dekorationsschnickschnack war; er hatte daraus geschlossen, dass sie kein Bingo auf Kabel 7 je ausgelassen hatte und jede Menge Sterne für Kuschelig-Wohnen gesammelt haben musste, und wann immer im Managementbüro des Distrikts ein Nachbarschaftsprojekt ausgeschrieben war, für das man den Finger heben konnte, hatte sie als Erste das Kreuz an ihrem Namen auf der Liste hinterlassen.

Die Wäscherei, fand Abramowski, war genau der richtige Ort für die Tenbrock, von der Wäscherei bis zur Stiftung wäre es nur ein kurzer Weg auf der Karriereleiter, und er war sicher, dass sie schon dabei war, die Leiter hochzuklettern. Betriebstechnik und Hygiene. Kaum hatte sie die Seminare absolviert, fing sie an, mit dem Vaporix herumzuballern und im Haus ihre Duftmarken zu verbreiten: »Dark Lavender«, »Bitter Orange«, »Glamourose«. Und dann schnappte sie sich prompt den Typ, den die Hygiene-Leute von der Stiftung für die Schulungen rüberschicken und der so aussah, als ob er im elften Distrikt wohnte, bestimmt mit Frau und Kindern, denen er seine abendlichen Ausflüge hierher als sonst was verkaufte: Überstunden, Bonuspunkte für den Familienpark, damit die Kinder mal rauskom-

men und Karussell fahren konnten oder im Kristall-
palast Schlittschuh laufen.

Wie auch immer, Jule Tenbrock kannte das Haustierverbot so gut wie die Seuchenverordnung und
würde niemals dagegen verstoßen, nicht gegen diese
beiden und nicht gegen irgendeine andere Verordnung, sie brachte brav jeden Tag ihre Verpackungen
zum Super-K oder zur Superette zurück, legte ihre
Angebotsinfos, nachdem sie sie gelesen hatte, fein
säuberlich zusammengefaltet unten im Hausflur auf
die Abholstapel, immer getrennt nach Super-K, Superette und Konsomarkt, als ob es bei der Altpapier-
verwertung eine Rolle spielte, auf welchem Stapel
eine gelesene Angebotsinfo lag, und Timon hätte
wetten können, dass sie vorbildlich Strom und Wasser sparte und eine CO_2-Bilanz hatte, mit der sie
noch einmal Distrikt-Bürgerin oder Empowerment-
Heldin des Jahres werden könnte.

Abgesehen davon, dass Jule Tenbrock überhaupt
kein Verstoß gegen irgendetwas zuzutrauen war:
Es war Abramowski noch immer ein Rätsel, wie sie
überhaupt an einen Hund gekommen sein mochte,
rein praktisch war das kaum machbar.

Eine Weile lang schien ihm denkbar, dass der Typ
von der Stiftung dahinterstecken könnte, dieser Hygienemann, weil es in dem Bereich die abwegigsten
Beziehungen und Verflechtungen gab, und schließlich, warum sollte ein Hygienetrainer keinen Draht
nach oben haben, zur Forschung und den Laboren. Praktisch wäre das machbar: Der Hygienemann

selbst oder jemand anderes, der kürzlich einen Einsatz in der experimentellen Infektiologie hatte, greift sich gegen Ende seiner zwei Monate einen Welpen aus dem Labor, gibt ihm ein oder zwei Dormophen, steckt ihn sich in die Mantel- oder Aktentasche, und mit ein bisschen Glück macht der Hund während der zwei Stunden Busfahrt in die Stadt keinen Mucks.

Rein praktisch wäre das machbar. Nur war das genau die Sorte Film, bei der Abramowski schon früher immer gedacht hatte – wer's glaubt. Wo leben wir denn. In welcher Zeit leben wir denn.

Seuchen, Epidemien und Impfungen hatte es zur Genüge gegeben, und nach all den Aufregungen und Public-Health-Alarmen traute Abramowski weder dem Hygienemann noch der Tenbrock zu, dass sie ein Tier in das neue Kuschelig-Wohnen-Leben hineinschmuggeln würden, ein Tier, das voller Keime steckte, so viel globaseptisches Vaporix konnte die Tenbrock gar nicht versprühen. Dazu kam, dass der Hund wahrscheinlich für Forschungszwecke infiziert worden war, sehr wahrscheinlich sogar. Abramowski erinnerte sich an einen Themenabend, in dem Experten auf »Human Care« die Alternativlosigkeit langfristiger »Animal-Toxicology-Projects« diskutiert hatten und schließlich zu dem Ergebnis gekommen waren, dass Tierversuche bis auf Weiteres in der Reproduktionsforschung unverzichtbar seien, und er war sich ganz sicher: Niemals würde der Hygienemann es riskieren, ein Tier aus einem Testlabor in den siebten Distrikt zu schmuggeln, ob er nun im elften Distrikt zwei Kinder hatte oder auch nicht.

Blieb nur noch eine Hypothese. Die allerdings verhieß, dass es hier eine Menge Unruhe geben und vielleicht gefährlich werden würde: Der Hund musste durch den Zaun gekommen sein.

So muss es sein, sagte Timon Abramowski und erschrak, als er in seiner leeren Wohnung seine eigene Stimme hörte, die mit Nachdruck das Unerhörte hörbar machte, wenn auch nur für ihn selbst.

Draußen in den Vorstädten gab es Tiere. In den Nachrichten brachten sie regelmäßig Berichte über Wildschweine, die dort wüteten, über Waschbären und Füchse, gerüchteweise war von Wölfen die Rede, von Tollwutgefahr und von der Sorge, ob der Zaun einen ausreichenden Schutz gegen wilde Tiere böte.

Detroit, dachte Timon Abramowski. Der Hund kommt aus Detroit. Und er ist nicht allein.

Bisher war kein Bär, kein Wolf, kein Wildschwein in irgendeinem Distrikt gesichtet worden, woraus er schloss, dass der Zaun durchaus einen Schutz gegen Tiere bot. Nicht aber gegen Menschen. Menschen mit einem Hund.

*

Hätte Pola Nogueira ihren viel zu großen Sack von einem doppelreihig geknöpften uralten Herrenmantel ausgezogen, hätte Jule Tenbrock gesehen, dass sie schwanger war.

Abramowski sah es sofort, als er im Treppenhaus ihren Mantel aufmachte und darin zusammengesunken eine ohnmächtige junge Frau mit einem honigfarbenen Hund fand.

Frau mit Hund, das ist es also, sagte er, während er die Frau behutsam und leise in seine Wohnung trug und dort auf die Couch legte.

Schwangere Frau mit Hund, sagte er, nachdem er den Mantel geöffnet hatte. Dann wandte er sich dem Hund zu, der vor der Couch saß, eine Pfote auf den Arm der Frau gelegt hatte und mit einem leisen Grollen genau verfolgte, was er tat, und sagte zu dem Tier, das kann ja heiter werden.

Pola hatte in Jule Tenbrocks Wohnung vor dem Sofa auf dem zartgelben Teppich geschlafen, es war ein flacher, unruhiger Schlaf, abwehrbereit, voller Misstrauen, immer nur kurz unter der Oberfläche, weil es im Wald Geräusche gab, weil der Mann mit der Ratte ihr unheimlich gewesen war, auch wenn er wahrscheinlich ein harmloser Spinner und Streuner war, einer, der mit sich selber sprach und seiner Tusnelda absonderliche Reden hielt, verwirrte Verkündigungen, krauses Zeug, aber Zsazsa hatte ihn angeknurrt und war gleichzeitig rückwärts gekrochen, sie hatte Angst vor dem Mann gehabt. Pola hatte ihr gesagt, dass Angst nicht hilft, aber sie selbst hatte auch Angst gehabt, vor dem Mann, vor dem Wald mit seinen Geräuschen und all der Gefahr.

Jule Tenbrock nebenan dachte überhaupt nicht an Schlafen, sie lag wach in ihrem Bett, atmete unregelmäßig und horchte auf das leise Schnarchen des Hundes, die kleinen heiseren Wuff-Geräusche, die Zsazsa im Traum von sich gab, und in seiner Wohnung lag Abramowski wach, hörte auf den Wind, der kurz nach Mitternacht einsetzte, und dachte nach.

Am Morgen regnete es, und Pola wurde elend bei dem Gedanken, dass sie mit Zsazsa wieder rausmüssen würde, weil Zsazsa morgens rausmusste.

Ja klar, schon gut, sagte sie schwach, als Jule Tenbrock sagte, spätestens wenn ich die Wohnung verlasse, sind Sie draußen.

Schon beim Aufwachen hatte Pola sich schlapp und gerädert gefühlt. Ihr Gesicht glühte, und ihre Füße waren eiskalt. Zsazsa hatte den Kopf an ihre Schulter gedrückt und leckte ihr den Hals. Wenn Zsazsa sie ableckte, wusste sie, dass sie krank war.

Sie blieb noch einen Augenblick liegen und war versucht, Jule Tenbrock um Aufschub zu bitten und zu fragen, ob sie wohl kurz mit dem Hund rausgehen würde; dann merkte sie, dass sie Fieber haben musste, sonst wäre sie nicht auf die Idee gekommen, diese Frau mit dem Desinfektionsfimmel könnte sich auch nur eine Sekunde lang um Zsazsa kümmern oder sie beide in ihrer Wohnung lassen, und Pola fühlte sich zu elend, als dass sie die Demütigung einer Abfuhr heute früh hätte hinunterschlucken können. Überhaupt fiel ihr das Schlucken schwer und tat weh.

Ja klar, schon gut, sagte sie etwas krächzend und stand auf.

Jule Tenbrock sah aus wie aus dem Ei gepellt und

roch nach dem Zeug, das sie am Vorabend ins Treppenhaus gesprüht hatte, sie plapperte unaufhörlich, und durch den Nebel hindurch, den das Fieber in ihrem Kopf erzeugte, bekam Pola mit, dass Jule heute erst gegen Mittag in der Wäscherei anfinge, auf dem Weg dahin würde sie im Coffee-Point haltmachen und sich später im Super-K ein Brunch-Paket holen, sie hätte also kein Frühstück für Pola im Haus. Immerhin bot sie ihr eine Tasse Kaffee an.

Kaffeeweißer ohne Laktose, dachte Pola. Kabel 7, ihr Lieben.

Ihren Pulverkaffee bewahrte Jule in einer mit Bauernmuster bemalten Dose in ihrer Vitrine auf, auf die sie sehr stolz war. Sie war fast so prächtig wie die große Vitrine in der Meile, hinter deren Glasscheiben all die Dinge ausgestellt waren, die in der nächsten Woche zu gewinnen sein würden.

Neben der Kaffeedose hatte sie in einem kleinen lackierten Kästchen noch ein paar Schätze, die sie für zu luxuriös hielt, als dass sie sie Pola anbieten mochte: ihre exquisiten Teebeutel. Das Kästchen mit der Teesammlung hatte sie bei »Zeit&Genießen« gewonnen, einer ihrer Lieblingsvorabendshows, bei der die Zuschauer Quizfragen beantworten konnten. Meistens kam man telefonisch nicht durch, »Zeit&Genießen« hatte ein geniales Moderatorenduo, das Einschaltquoten zustande brachte, von denen andere Shows nur träumen konnten. Jule war trotz des Telefonansturms einmal durchgekommen, die Frage war wie immer ganz einfach gewesen: Sind die Teesorten der Kollektion Relaxan a) anregend, b) beunruhigend, c) entspannend. Eigentlich hatte Jule noch nie erlebt, dass jemand die Frage nicht beantworten konnte.

Sie liebte ihre Teesammlung und zelebrierte jede Tasse, wenn sie an kalten Tagen nach einer warmen Dusche in ihren fliederfarbenen Hausmantel geschlüpft war und es sich auf dem Sofa bequem gemacht hatte.

Teezeremonie nannte sie diese halbe Stunde, auch wenn sie Reiseberichte über Asien gesehen hatte und wusste, dass bei den japanischen Teezeremonien in den Teehäusern oder -gärten nicht der Hausherr für sich selbst Tee kocht und ihn allein trinkt, sondern seine Gäste auf die Art begrüßt und willkommen heißt.

Eigentlich wollte Jule Tenbrock Pola ihren Tee nicht anbieten, weil sie ihr dafür in ihrem uralten Mantel einfach zu schmuddelig war.

Andererseits hatte sie jetzt einen Gast und damit die Gelegenheit, das japanische Ritual in seiner ursprünglichen Form auszuführen. So, wie die Reiseberichte es erklärt hatte.

Angesichts des Häufchen Elends vor ihr, das so gar nichts von dem an sich hatte, was Jule unter einem Gast verstand, zögerte sie einen Moment, fasste dann aber doch den Entschluss.

Pola sah verschwommen, wie Jule Tenbrock andächtig ein lackiertes Kästchen aus ihrem Glasschrank nahm und öffnete. Sie sah entrückt aus, als vollführte sie eine heilige Handlung.

41

Tee, verstand Pola noch, und danach verlor sie den Faden.

Adventsfreude, Tender Love, Wintersonne, Kiss me, sagte Jule.

Was, sagte Pola.

Kaminzauber, sagte Jule. Bratapfel. Süße Verführung.

Nein, sagte Pola. Sie zitterte und zog ihren Mantel fest um die Schultern.

Wuff, machte Zsazsa und erinnerte sie daran, dass sie rausmusste.

Jule war enttäuscht. Sie sagte sich, dass Teezeremonien etwas für den Abend sind, etwas für die magischen frühen Abendstunden. Zeit & Genießen.

Nichts für den frühen Vormittag.

Tja dann, sagte sie, nachdem sie die Wohnungstür zugezogen und zweimal den Schlüssel herumgedreht hatte. Sie steckte den Schlüssel in ihre Tasche, machte sorgfältig den Reißverschluss zu und sagte, dann mal alles Gute.

Einen Moment noch, sagte Pola. Sie blieb auf dem Treppenabsatz stehen und hielt sich am Geländer fest. Dann setzte sie sich auf die Stufe, auf der Jule Tenbrock sie am Abend zuvor gefunden hatte, Zsazsa setzte sich neben sie, und beide krochen in ihren unförmigen Mantel und verwandelten sich in das graue Bündel, das sie am Vorabend gewesen waren. Wesen mit unsichtbarem Hund.

Lassen Sie sich nicht zu lange Zeit, sagte Jule, zeigte vage auf die Tür von Abramowski und ging.

Wenn nicht der, würde der Hausdienst sich um das Problem kümmern. Sie war aus der Sache raus.

Aber sie fühlte sich dabei nicht wohl.

*

Als Pola Nogueira aufwachte, sah eine Frau mit hochgesteckten Haaren sie an, die Augen weit aufgerissen. Sie sah erschrocken aus. Im Mund hatte sie ein langes, dünnes Stöckchen. Pola überlegte, was sie mit dem Stöckchen im Mund wollte. Dann wurde das Gesicht undeutlich, und schließlich sah sie es doppelt und in weiter Ferne.

Kennen Sie Audrey Hepburn, sagte neben ihr eine Männerstimme.

Pola lag nicht auf dem Boden, weder auf den beiden Matratzen in ihrem Geräteschuppen noch im Wald, sondern in einer Art Bett, und sie war zugedeckt. Daneben saß der Mann zu der Stimme auf einem Stuhl.

Die Frau mit den hochgesteckten Haaren und dem Stöckchen im Mund war schwarz-weiß und ein Poster, stellte Pola fest.

Es war mühsam, sich zurechtzufinden. Sie hatte im Übrigen kein Verlangen danach, sich zurechtzufinden, zurückzufinden zu einer Schwerkraft, die jemand außer Kraft gesetzt hatte, während sie geschlafen hatte. Sie wollte weiterschlafen, einfach nur schlafen.

Sie sind krank, sagte der Mann. Und schwanger sind Sie auch, aber das wissen Sie ja.

Pola setzte sich mit einem Ruck auf, sah den fremden Mann neben ihr mit aufgerissenen Augen an und fragte, wo ist der Hund.

Keine Sorge, sagte der Mann, kommen Sie erst mal zu sich.

Aber der Hund, sagte Pola. Sie zitterte. Zsazsa. Was haben Sie mit Zsazsa gemacht.

Ich kümmere mich darum, sagte der Mann.

Timon Abramowski, setzte er hinzu.

Pola versuchte mit aller Kraft aufzutauchen und machte die Augen ein paarmal so weit auf, wie sie konnte, um sie von verschwommen auf klar umzustellen.

Der Mann war eine entfernte, sanfte Stimme.

Zsazsa kam unter einem Tisch hervor, unter dem sie geschlafen haben musste. Sie reckte sich ausführlich, gähnte zweimal, wedelte mit dem Schwanz und stupste Pola mit der Nase gegen den Arm. Sie war unternehmungslustig. Und es war ganz sicher Zsazsa, auch wenn Pola sie doppelt und unscharf sah.

Wenn ich dich nicht hätte, murmelte sie und ließ sich wieder zurücksinken.

Die Frau mit den hochgesteckten Haaren, die von der Wand auf sie herabsah, kam ihr bekannt vor, aber sie konnte sich nicht erinnern, wo sie sie schon einmal gesehen hatte. Mit dieser komischen Frisur und mit dem Stöckchen im Mund.

Komisches Stöckchen, dachte sie noch, und dann war sie wieder weg.

Als sie zum zweiten Mal wach wurde, saß Zsazsa friedlich neben dem Mann vor einem Bildschirm. Er verfolgte auf dem Bildschirm irgendetwas, das Pola nicht sehen konnte, und Zsazsa schaute ihn an.

Dann drehte sie sich um, sah, dass Pola wach auf der Couch lag, ging zu ihr und legte ihr eine Pfote auf den Arm.

Gut geschlafen, sagte Abramowski.

Wie ein Stein, sagte Pola.

Anderthalb Tage durch, sagte er. Am Stück. Und für den Fall, dass Sie jetzt Hunger haben: Ich hab uns was zu essen besorgt.

Pola überlegte, was sie zuletzt gegessen hatte. Wann und was.

Wieder so eine Komplettbox, fragte sie dann, und Abramowski lachte. Offenbar hatte er gehört, dass ihr das Kichererbsen-Masala nicht geschmeckt hatte.

Nichts aus dem Super-K, sagte er, aber sehr viel besser wird's auch nicht.

Er nahm eine Tüte, die er auf seinem Sideboard stehen hatte, zog eine Pappschachtel heraus und ging zur Mikrowelle neben dem Fenster.

Fühlen Sie sich jetzt besser, sagte er, als er ein Plastikschüsselchen mit dem warmen Essen auf den Couchtisch stellte.

Weiß nicht so recht, sagte Pola, ich glaube schon.

Essen Sie erst mal Ihr Chili, sagte er.

Während sie aß, beobachtete Pola ihren Gastgeber. Er wollte ihr etwas sagen, wusste aber wohl nicht, wie er es anfangen wollte.

Pola dachte an den Weg über die Felder und

wischte das Bild gleich wieder weg. Dann dachte sie an die Typen in den Vorstädten.

Männer ohne Frauen, hatte Isabella gesagt, da kannst du nie wissen. Die meisten waren harmlos gewesen, aber nicht alle. Pola wusste nicht, ob Abramowski eine Frau hatte.

Zsazsa kam offenbar mit ihm klar. Zsazsa kam nicht mit Männern klar, bei denen du nicht wissen kannst.

Auf Zsazsa konnte sich Pola verlassen.

Schmal war Abramowski, nicht sehr groß. Sah etwas besorgt aus, während er ernsthaft nachgrübelte, wie er anfangen sollte mit dem, was er ihr sagen wollte.

Das Chili bestand aus Bohnen und Reis in einer roten Soße, es war fad, aber essbar. Was Zsazsa in den letzten anderthalb Tagen zu fressen bekommen hatte, wusste Pola nicht. Sie mochte nicht danach fragen. Wie er es gemacht hatte, war ihr unklar, weil Zsazsa bei den meisten Männern nur zwei Möglichkeiten kannte, Flucht oder Angriff, aber wie es aussah, hatte Abramowski sich um sie gekümmert, und sie hatte es geduldet. Sie war nicht unruhig und sah nicht aus, als ob ihr etwas fehlte.

Die Leute vor der Stadt erzählten die wildesten Geschichten darüber, wie es da drinnen zugehen musste, und wenn von den Geschichten auch nur die Hälfte stimmte, hätte Pola ihren Hund eigentlich draußen lassen müssen. Genau bedacht, hätte sie auch selbst draußen bleiben müssen.

=

Die ersten Monate hatte sie die Sache einfach weggeschoben.

Die Sache, sagte sie anfangs, und später, als die Sache nicht mehr wegzuschieben war, sagte sie, das Kind.

Platz war genug, man kam sich nicht in die Quere, man konnte sich daran gewöhnen, ohne Strom zu leben und dass das Wasser nicht aus der Leitung kam; dafür hatten sie Filter; die Leute waren ein bisschen paranoid, ansonsten nett und hilfsbereit, ein paar Dutzend Abenteurer und Spinner, fast alles Männer, die in den ehemaligen Neubaugebieten wohnten, den früheren Eigenheimen mit Garten und Kamin; von dort aus zogen sie durch die Villenviertel, wenn sie was brauchten, durch die Mietskasernen bei den zerfallenden Industrieanlagen, sie nahmen hier eine Matratze mit, da ein Paar Schuhe, einen Mantel, ein Federbett, manche teilten sich die Kleingärten oder bastelten in den Hallen und alten Fabrikgebäuden an ihren Kochkisten und Bienenhotels herum. Sie hielten Angeln in den Fluss, einen Waldsee oder den Berlenbach, manchmal holten sie etwas raus, und solange noch Munition da war, gingen sie auf die Jagd. Wenn sie Glück gehabt hatten, brannte am Abend auf ihrem Grillplatz ein Riesenfeuer, dann hatten sie einen Hirsch oder ein Wildschwein erwischt. Die meisten von ihnen lebten schon länger dort, sie waren vor der Stadt gestrandet und mussten eine Weile lang ziemlich gewütet haben, nachdem ihre Dörfer und Städte vom Netz genommen worden waren, sie hatten Autos ausgeweidet, Fensterscheiben zertrümmert und sich um die paar Frauen geprügelt, die es dort ausgehalten hatten. Aber inzwischen hatten sie damit aufgehört und sich regelrecht eingerichtet. Sie trafen sich in den Hobbykellern zum Billard oder zum Darts, ein paar hatten eine Band gegründet, manche züchteten Tauben oder hielten sich Enten, ansonsten war das ein ziemlich gemischter Haufen, der wenig gemeinsam hatte.

Eines aber wollten sie alle um keinen Preis: in die Stadt. Weder in den ersten noch in sonst einen der Distrikte, wo die Stiftung sich ihre Reservearmee hielt, die Massen von armen Schweinen, die sie fütterte, rundum versorgte und je nach Bedarf busladungsweise zu den Einsätzen über Land kutschierte, ansonsten war das da drinnen nichts. Nichts als stillgestelltes Leben.

Wer weiß, was sie denen in die Fertiggerichte mischen, dass die sich das gefallen lassen, war ein gängiger Spruch, und man erzählte sich, dass bei denen in den Supermärkten Listen hingen, auf denen ihre Events standen – die nächste Tour zum Wildwasser-Rafting, die nächste Blasmusik in der Meile, das nächste alpine Klettern, das nächste Eideidei, damit sie bloß nicht versehentlich zur Besinnung kamen, die armen Schweine.

Gelegentlich musste einer von draußen mal rein, weil die Streichhölzer knapp wurden, der Zucker, das Salz, das Öl oder sonst was, und der war dann, wenn er mit der nächtlichen Beute zurückkehrte, der Held am Lagerfeuer, der schaurig von seinem Ausflug erzählte:

Im Morgengrauen kommen die Lkws in die Stadt, alle dasselbe Stiftungslogo, noch im Dunkeln beliefern sie die Supermärkte, die Boutiquen, Franchise-Imbisse, die Einrichtungsläden, alles. Alles aus einer Quelle. Alles von der Stiftung.

Ihr Trick, so der Held, besteht darin, dass du in der Superette kein Stück Butter findest, keinen einzigen Liter Öl. Alles wird fix und fertig in die Stadt gekarrt und muss nur noch warm gemacht werden.

Hier ging jedes Mal ungläubiges Murmeln durch die Versammlung.

Du willst nicht sagen, dass –

Oh doch, sagte der Held. Kein Pfund Mehl, keine Eier, kein Fleisch, kein Gemüse, kein Obst. Rein gar nichts, außer den Essensboxen.

Und wie bist du dann an den Stoff gekommen?

Das ist mein Geheimnis.

Pola hatte genau zugehört, dann aber nicht einmal die Hälfte der Geschichten geglaubt, die so ein Held erzählte, wenn das Feuer am Abend brannte und der Schnaps herumging oder alle irgendein Kraut rauchten, das sie selbst angebaut hatten; trotzdem war ihr bange gewesen, als sie die Sache irgendwann nicht mehr hatte wegschieben können, weil aus der Sache das Kind wurde, das anfing, in ihrem Bauch herumzustrampeln.

Isabella war froh gewesen, Pola in ihrer Nachbarschaft zu haben, aber eines Tages hatte Pola gesagt, solange du allein auf der Welt bist, kommst du schon irgendwie durch, und da hatte Isabella gewusst, dass Pola gehen würde.

Sie hatte genickt. Sobald ein Kind im Spiel ist, sieht es gleich etwas anders aus, hatte sie gesagt, und in der Stadt gibt es Wasser und Strom.

In der Stadt gibt es Krankenhäuser, hatte Pola gesagt.

*

Die Wäscherei, in der Jule Tenbrock seit Kurzem beschäftigt war, gehörte zu den kleineren des Distrikts, sie war ein Dienstleistungsunternehmen, das im Wesentlichen Laufkundschaft hatte und nur einen einzigen Großkunden von der Stiftung, den Klinikkomplex Doktor Riedinger, der ihr aber auch nicht mehr als sechstausend Wäschestücke täglich einbrachte. Zusammen mit dem arbeitsaufwendigen Alltagskram, den die Distriktbewohner brachten, fielen kaum zehntausend Stück täglich an. Jule hatte in ihrer Probezeit vier Wochen lang als Springerin gearbeitet, sie wusste, dass hier noch die uralte Wringmaschine im Einsatz war, die die Großwäscherei im vierten Distrikt ihnen überlassen hatte, als dort die Vakuumabsauger angeschafft worden waren; der Tumbler war der reinste Energiefresser, von einem Wärmetauscher konnte man hier nur träumen, Brauchwasseraufbereitung war auch nicht, also Tausende Kubikmeter Wasserverschwendung, und zwischen dem reinen und dem unreinen Bereich gab es nicht einmal eine Schleuse.

Ein, zwei Großkunden mehr aus dem Klinik-Distrikt, und die Lage könnte sich schlagartig ändern, die Stiftung würde aufmerksam auf das Unternehmen, man könnte etwas zur Verbesserung des Wäscheflusses unternehmen, Batches statt der veralteten Wannen, eine effektivere Zentrifuge, eine Detachieranlage, es gäbe viel zu tun, nur hatte Jule in den vier Probewochen rasch gesehen, dass all diese Dinge mit dem Chef nicht zu machen sein würden.

Franz Mering war taub gegen Innovationsvorschläge, ob sie nun von der naseweisen kleinen Tenbrock kamen oder von einer anderen Stelle. Er war kurz angebunden und wimmelte Neuerungen nach Möglichkeit ab.

Sie wären die Erste, die ich freisetzen würde, hatte er gesagt, als Jule ihn darauf hingewiesen hatte, dass die ständigen Wäschestaus vermieden werden könnten, wenn man sich zu einem neuen Muldensystem für die Mangel entschließen könnte.

Jule hatte an die vielen Bonuspunkte gedacht, die ihr der Job einbrachte, und fortan keinen Vorschlag zur Effizienzsteigerung in der Wäscherei mehr gemacht.

Inzwischen saß sie vor einem der beiden Bildschirme in ihrem Büro und kontrollierte, ob die Kleidungsstücke der Klinik richtig eingelesen wurden, sie meldete defekte Chips, unlesbare Tags oder Probleme mit dem Transponder und plauderte mit Yvi Schallermann, die für die private Wäsche der Distriktbewohner zuständig war.

Ist was mit dir, sagte Yvi, als sie merkte, dass ihre Kollegin schon den zweiten Tag in sich gekehrt im Büro saß, wo sie sonst zu jedem Klatsch und Tratsch aufgelegt war. Jetzt konnte sie sich nicht einmal dafür begeistern, dass Yvi die dreihundert Sterne zusammenhatte, die sie dafür brauchte, sich ihren Traum vom Indoor-Skifahren im Pistenparadies zu erfüllen, Sessellift, sechshundert Meter Abfahrt und anschließend ein Cocktail an der Eisbar, Verleih inklusive.

Toll, sagte Jule, und als Yvi sie fragte, ob sie Skier oder ein Snowboard nehmen sollte, sagte sie, such's dir halt aus, als wüsste Yvi nicht, dass Jule sich zwar im Leben nicht auf irgendein Brett stellen würde, aber sie beide sahen sich »Feeling alive« an, also wusste Jule natürlich, dass schwereloses Gleiten und Schweben nur mit dem Board zu haben war und für jeden, der auf der Höhe war, Skier nicht mehr in Frage kamen.

Ich bring dir eine Schneekugel für deine Vitrine mit, sagte Yvi, die allmählich zu vermuten begann, dass Jule ihr die Cocktails an der Eisbar nicht gönnte, weil sie so wortkarg vor ihrem Bildschirm saß.

Du hast doch was, sagte sie besorgt, als Jule auch auf die Schneekugel nicht reagierte.

Was soll schon sein, sagte Jule unwirsch. Die Frau mit dem Hund spukte ihr durch den Kopf.

Ich kann da jetzt nicht wieder raus, hatte die Frau gesagt.

Hier im Distrikt jedenfalls konnte sie nicht bleiben. Nicht mit einem Hund. Und Jule wiederum konnte Yvi von der Frau nichts erzählen, weil Yvi Schallermann ebenso gut wie sie wusste, dass Hund, Katze, Maus gesundheitlich ein Graus waren, mit den hygienischen Anforderungen einer Wäscherei absolut unvereinbar. Jule dachte an ihre kontaminierte Wohnung, in der sie sorgfältig nach Hundehaaren gefahndet und reichlich Vaporix versprüht hatte. Sie selbst schien noch einmal davongekommen zu sein: kein Ausschlag, nur ein leichtes Jucken, das zwei Tage später verschwunden war und von dem sie inzwischen dachte, sie hätte es sich womöglich bloß eingebildet, die Frau war weg, die Wohnung war desinfiziert, aber Jule wurde das Gefühl nicht los, dass die Geschichte damit noch nicht zu Ende war.

Der Hund hatte ein honiggelbes Fell gehabt, schöne braune Augen, er war aufmerksam gewesen und hatte ganz genau zugehört; beim Zuhören hatte manchmal sein linkes Schlappohr gezuckt. Und er hatte der Frau vorsichtig mit den Zähnen die Käsecracker aus der Hand genommen. Und ihr zärtlich den Hals abgeleckt.

Krank war der nicht gewesen. Die Frau war krank gewesen. Oder einfach bloß halb verhungert. Und der Hund hatte die kranke Frau bewacht und wollte sie beschützen.

Jule fragte sich, wie es wohl wäre, beschützt zu werden.

Nicht von der Stiftung natürlich, sondern von einem lebenden Wesen.

Und sie fragte sich, wie es wohl wäre, ein lebendes Wesen zu beschützen.

Sie fragte sich, wie es wäre, dem Hund über sein honigfarbenes Fell zu streichen. Wie sich das anfühlen würde.

Sie dachte an die Gentle-Wax-Strips, mit denen sie sich alle paar Tage gründlich die Haare entfernte, an das Body Sugaring, zu dem Clemens sie seit Kurzem überreden wollte: die einzig hautschonende und dabei gründliche Lösung, ein für allemal. Beachbody, sagte Clemens. Jeder träumt doch von einem Beachbody, das kriegst du mit Waxen nicht hin.

Jule hatte einen Termin bei der Beautyoase vereinbart, wegen der langen Wartezeiten wäre sie aber erst im Januar mit ihrem Body Sugaring dran.

450 Punkte, dachte sie jetzt. Und das fürs Haarereißen.

Jule Tenbrock war schon immer in der Stadt gewesen. Sie erinnerte sich dunkel an die Zeit der Aufstände und Unruhen, bevor die Stiftung die Versorgung und das Netz übernommen hatte, schlimme Zeiten waren das gewesen, bis sie die Epidemien in den Griff bekam. Eines Abends, das hatte Jule fast vergessen, aber jetzt fiel es ihr wieder ein, hatte ihre Mutter am Fenster gestanden und auf die Straße geschaut, auf der sich irgendwelche Kämpfe und Tumulte abgespielt hatten, Jule hatte auch ans Fenster gewollt, aber ihr Vater hatte sie sich auf die Schultern gesetzt und gesagt, das ist nichts für Kinder.

Ihre Mutter war am Fenster unruhig geworden.

Ich kann das nicht sehen, hatte sie schließlich gesagt. Dann hatte sie plötzlich das Fenster geöffnet und aufgeregt auf die Straße hinunter gewinkt oder gestikuliert und ein Zeichen gemacht. Danach hatte sie auf den Summer für die Haustür gedrückt, und kurz darauf war die Wohnung voller Menschen gewesen. Die Menschen hatten einen Mann getragen, den sie mitten im Wohnzimmer auf den Teppich ablegten. Der Mann hatte wirre lange Haare, auch im Gesicht waren Haare, und auf dem Teppich war Blut. In der Wohnung war es furchtbar laut geworden, und Jules Vater hatte gesagt, du bringst uns noch mal in Teufels Küche mit deiner Großmütigkeit.

Natürlich hast du recht, hatte Jules Mutter gesagt, während sie sich mit Verbandszeug und Pflaster an dem Mann zu schaffen machte.

Dann hatte sie zum Fenster gezeigt und gesagt, aber sollen wir da auch noch zuschauen und nichts tun. Das ist eine furchtbare Zeit, hatte sie leise gesagt. Ist es doch, oder.

Später hatte sie für die anderen Tee gekocht, und am nächsten Morgen, als Jule aufgewacht war, waren alle weg, bloß das Blut auf dem Teppich war noch da und ging auch mit kaltem Wasser nicht weg, so sehr ihre Mutter auch daran herumrieb.

Ihre Eltern hatten sich später getrennt, aber da ging Jule schon in die Pflichtschule und bekam einen Platz für betreutes Wohnen in der neuen Siedlung, die die Stiftung an der Ostseite des Stadtparks eingerichtet hatte, um die Kinder aufzunehmen, denen in den Wirren der Zeiten die Familien abhandengekommen waren.

*

Kann ich Pola sagen, fragte Timon Abramowski.

Klar, sagte Pola, da draußen duzen sich alle. Sie

zeigte mit der Hand in die Richtung, in der Detroit lag.

Wird so schon kompliziert genug werden, sagte Abramowski, und mit Siezen wird's auch nicht leichter.

Also erstens, sagte er dann, so sanft er konnte.

Polas Augen waren zwei schmale, zusammengezogene Schlitze.

Aber Zsazsa muss doch raus, sagte sie.

Ich komme darauf zu sprechen, sagte Abramowski. Und dann also zweitens.

Was ist das für ein Distrikt, sagte Pola entgeistert, als sie hörte, dass Frauen meistens schon zu Beginn einer Schwangerschaft, spätestens aber nach der Entbindung normalerweise nicht im siebten Distrikt blieben, sondern in den elften zogen, weil der familienfreundlich war.

Man muss nicht, sagte Abramowski, aber du wärst blöd, wenn du's nicht tätest. Alle, die Kinder haben, leben im elften Distrikt, und wenn du eine größere Wohnung willst, kindgerechte Einrichtungen, ambulante medizinische Betreuung, Windeln, Kinderkost, Spielplätze, Tagesstätten, Schulen …

Du willst nicht sagen, dass es hier bei euch keine Kinder gibt, hakte Pola in die Aufzählung ein.

Doch, sagte Abramowski. Schon seit etlichen Jahren. Keine Kinder, keine Katzen, keine Hunde.

Aber was schwerer wiegt, sagte er schließlich, als er merkte, dass Pola noch immer nicht ganz verstand, in welcher Klemme sie steckte, und davon sprach, dass sie sich eben eine Di-Card besorgen und in den elften Distrikt gehen müsse, wenn sie das Kind nicht da draußen bei den Spinnern, sondern hier in der Stadt bekommen wolle, deshalb sei sie schließlich hergekommen, und bei Abramowski in dieser winzigen Wohnung, so viel sei sicher, werde sie nicht bleiben können. Jedenfalls nicht mit dem Hund.

Was schwerer wiegt, ist drittens, sagte Timon.

Und nun war Pola hellauf empört.

»Public health« wiederholte sie wütend. Ansteckungsgefahr. Stadtgesundheit.

Timon merkte plötzlich, dass er nur deshalb an die Leptospirose hatte glauben wollen, weil der Schmerz um Abraxus sonst nicht gut auszuhalten gewesen wäre. Er strich Zsazsa über den Kopf und dachte daran, wie Milos Rahman damals diese kleine Geste gemacht hatte; wie er mit dem linken Zeigefinger das Lid seines linken Auges kurz nach unten gezogen hatte, und Timon fragte sich, was aus Milos geworden war, nachdem die Abteilung Familie und Sozialwesen aus der Zentrale in den elften Distrikt verlegt worden war und der Kinder- und Jugendschutz eingespart werden konnte.

Rahman und Abramowski hatten beide keine Lust auf die Stelle gehabt, die die Stiftung ihnen damals angeboten hatte, obwohl es das Ansehen steigerte, in der Liegenschaftsabteilung beschäftigt zu sein.

Rahman sagte, na dann, auf in die humanitäre Käfighaltung.

Das will ich nicht gehört haben, sagte Abramowski, aber natürlich waren ihm, nicht anders als Rahman, die Angelegenheiten, mit denen er sich in der neuen Abteilung befassen musste, von Anfang an gegen den Strich gegangen: Business Improvement war das Schlagwort, es ging um Flächenbedarf, Wohnungsumbau, Parzellierung, Nutzungsbereiche, Bewegungselemente, Sanierung, Innenausstattung, und Abramowski war es herzlich egal gewesen, ob gelbe, grüne oder graue Teppichauslegware verlegt werden sollte, langhaarig, kurzhaarig oder Velours; es war ihm zu öd, die elektrischen Anschlüsse und die Steckdosen zu zählen, die pro Wohneinheit abgeklemmt werden mussten: wenig Strom bei großem Nutzen. Nach ein paar Wochen in der Abteilung hatte er gekündigt.

Timon Abramowski ging es um Filme, um die Klassiker, die er im »Capitol« gespielt hatte, um die großen Filmdosen mit den Zelluloidrollen darin, die Filme von Frank Capra, Billy Wilder, Howard Hawks. »Hatari« kannte er auswendig, seit er sechs oder sieben gewesen war. Wort für Wort, mitsamt den Stellen, die er später selbst auf den Index setzte.

Sie haben wohl etwas getrunken? Nein Ma'am, ich habe schwer gesoffen.

Das war natürlich nicht kinder- und jugendfrei und ein Fall für die Freiwillige Selbstkontrolle gewesen. Es hatte nach einigen Telefonaten herausgeschnitten werden müssen, aber Abramowski würde es nicht vergessen, so wenig wie er seine Kindheit in Hainegg vergessen würde.

Milos Rahman hatte er seitdem nicht mehr gesehen. Mit seiner Di-Card hätte Timon die Stiftungsgebäude im ersten Distrikt auch gar nicht betreten können. Was aus Rahman geworden war, würde ihn jetzt wirklich einmal interessieren. Hier im siebten Distrikt war er jedenfalls nicht.

Pola, als Abramowski nicht antwortete, wiederholte noch einmal: Wir haben doch keine Syphilis, oder was.

Nein, sagte Abramowski schließlich und dachte an die Meldungen über das wüste Treiben in den vorstädtischen Problemzonen.

Nein, vermutlich nicht, aber die Zeit der Quarantänestationen ist unwiederbringlich vorbei.

Wo kommst du eigentlich her, fragte er.

Klein-Camen, sagte Pola.

Bergbau, sagte Abramowski.

Pola legte ihren Kopf schräg. Ehemals Bergbau, die Grube ist längst geschlossen. Zuletzt lebten da nur noch Frauen. Die Männer sind schon lange tot. Das Übliche, Lunge und Knochen.

Haben sie euch in Klein-Camen nicht gesagt, dass man sich bis Ende März noch registrieren lassen konnte?

Pola biss sich auf die Unterlippe. Sie begann zu begreifen, dass sie in einer sehr schwierigen Lage war.

Ein paar Wochen Quarantäne, und danach hättest du deine Di-Card gehabt.

Pola schaute auf ihren Bauch hinunter.

Im März habe ich das noch nicht gehabt, sagte sie.

Und ohne Di-Card, sagte Timon, ohne sich beirren zu lassen.

Wie, sagte Pola. Alles nur mit Di-Card.

Du hast es erfasst, sagte Timon. Ganz egal, wo du hingehst, ohne die Di-Card läuft gar nichts. Da kommen deine Punkte drauf, und da werden sie wieder abgebucht. Ganz einfach.

Hast du dich auch registrieren lassen, sagte Pola.

Schon ein paar Jahre vor der Agrarreform. Noch vor der Leptospirose. Nach der Listeriose. Und nicht im siebten Distrikt. Der kam später.

Und was soll ich jetzt machen, sagte Pola.

Das Ärgerlichste ist, sagte Timon und kam damit zur einstweilen letzten seiner Hiobsbotschaften.

Nur zu, sagte Pola.

Ich kann dich nicht auf meine Di-Card mit versorgen. Punkte sind da zwar massenhaft drauf.

Aber, sagte Pola.

Du bekommst auf die Di-Card dein Essen, Wäsche, Kleidung und alles, was du sonst noch so brauchst. Was und wie, kannst du dir aussuchen, aber es bleibt dabei: nur für eine Person.

Es gibt Ausnahmen, fuhr er fort, als er das Entsetzen auf Polas Gesicht sah. Geburtstag, Weihnachten, Valentinstag und so weiter. Aber das war's. Ich kann nicht jeden Tag für zwei Leute die Menüboxen holen.

Allmählich dämmerte Pola, wovon der jeweilige Held am Lagerfeuer gesprochen hatte, wenn er mit seiner Beute aus der Stadt wieder durch den Zaun zurückgekehrt war, mit dem Mehl, dem Kaffee, dem Öl, das es in keinem Supermarkt gab.

*

Abramowski beobachtete Pola. Sie biss sich die ganze Zeit auf der Unterlippe herum, als sie nach und nach die Ausweglosigkeit ihrer Lage begriff. Sie sah sehr klein und hilflos aus, gleichzeitig mochte sie noch nicht aufgeben. Verloren und tapfer zugleich. Die schwarzen Ponyfransen hingen ihr schräg in die Stirn, und Abramowski wurde zum zweiten Mal innerhalb sehr kurzer Zeit von einer Lawine an Lebenslust fortgerissen, von dem Gefühl, dass sein Gedächtnis dem hier gegolten hatte, dass dies jetzt die Zukunft war, auf die sein Großvater ihn hatte vorbereiten wollen, diese kleine verlorene Person, der etwas zugestoßen sein musste und die hier gestrandet war, im siebten Distrikt, in dem niemandem etwas zustieß, kein Gedächtnis, keine Zukunft, kein Kind und kein Hund, und Abramowski fühlte sich stark und der Zukunft gewachsen.

Zsazsa sah ihn an, als wollte sie ihm sagen, jetzt pass du mal auf sie auf.

Ich pass auf dich auf, dachte Abramowski, aber er sagte nichts, sondern wartete, bis Pola einen letzten Versuch unternahm.

Kannst du nicht einfach was kochen, sagte sie. Es klang verzagt. Zugleich trotzig. Dann setzte sie hinzu, es macht Spaß, zu Hause zu kochen.

Timon sagte, siehst du hier einen Herd.

Ihr Blick blieb einen Moment an der Mikrowelle hängen und wanderte dann zu ihrem Hund, der geduldig vor der Couch saß und zwischen ihnen beiden hin- und herschaute, als wüsste er auch gern, wie es weiterginge.

Sie strich ihm über den Kopf und sagte, ach Zsa-zsa, in was sind wir da reingeraten, und der Hund legte ihr eine Pfote aufs Bein, zog sie aber gleich wieder zurück, als sie sagte, was sind denn das für Sitten.

Dann fing sie an, sich etwas genauer in der Wohnung umzuschauen. Abramowski ließ ihr Zeit zu begreifen, dass er eine Frau mit Hund nur kurzfristig aufnehmen konnte.

Kühlschrank ist wohl auch nicht, sagte sie schließlich.

Energiefresser, sagte Abramowski. Kümmert die Stiftung sich drum, um alles. Strom, Wasser, Essen. Was du eben brauchst. Mikrowelle, Konsole.

Eigentlich praktisch, sagte Pola mutlos. Nach einer kleinen Pause fügte sie abschließend hinzu: Und das Blumenservice kannst du dann bei der Show gewinnen.

Was für ein Blumenservice, sagte Abramowski.

Pola sagte, das Blumenservice aus unzerbrechlicher Luminose, oder wie das heißt. Das wollte deine Nachbarin gewinnen. Das haben wir ihr dummerweise vermasselt.

Ein Blumenservice, ein Styling-Paket, eine Joggingmontur und was sonst noch alles, sagte Abramowski.

Komisch, sagte sie nachdenklich, stand von der Couch auf und ging zum Fenster.

Regen, sagte sie dann. Auf den haben wir so gewartet.

Abramowski schwieg und war gespannt, ob sie

etwas von dem »Wir« erzählen würde, das auf den Regen gewartet hatte, aber sie wechselte das Thema.

Im März war meine Großmutter einfach zu krank, sagte sie. Ich konnte sie nicht allein in Klein-Camen lassen.

Und deine Eltern, sagte Abramowski.

Sind schon lange vor der Agrarreform weggegangen.

Timons Blick wanderte langsam an dem Regal nach oben, in dem er seine Filme archiviert hatte; ganz oben stand ein uralter Schuhkarton, in dem er die Briefe aufbewahrte, die seine Mutter ihm geschrieben hatte und die immer mit einem Seufzer der Erleichterung endeten: Sei froh, dass Du das nicht erleben musst, wie hier alles zugrunde geht und verfällt. Zuvor hatte sie über zwei Seiten in ihrer ungelenken, eckigen Handschrift Bericht erstattet: von der Schließung des Lebensmittelladens, von den Überlegungen, ob man nicht das Foyer des leer stehenden »Capitols« als Markthalle nutzen könnte; davon, dass sich niemand finde, der bereit sei, die Praxis des alten Doktor Pabst zu übernehmen, eine Schande, wo der alte Doktor sich mit seinen siebzig Jahren nun wirklich den Ruhestand verdient hätte, am Ende würde man ihn noch mit den Füßen voran aus dem Behandlungszimmer tragen müssen; ein andermal war von den Nachbarn die Rede, die himmelhoch verschuldet waren und ihren Betrieb würden verkaufen müssen. Das Postamt machte dicht, der Pastor kam nur noch alle vier Wochen, später gar nicht mehr, die Leute zogen weg, die Schule wurde geschlossen und die Bushaltestelle abgebaut, die Straßenschäden nicht mehr ausgebessert. Sei froh, dass Du beizeiten gegangen bist, so oder so ähnlich endeten all ihre Briefe. Bei der Stiftung bist Du in Sicherheit, und natürlich hatte sie recht, Timons Mutter, Hainegg war längst von der Landkarte verschwunden, gestrichen, ausradiert; da, wo einmal Hainegg gelegen hatte, waren die Mähdrescher der Stiftung mit ohrenbetäubendem Krach Tag und Nacht im Einsatz, Riesendinger mit Riesenscheinwerfern und Infrarotsensoren; und in der Nähe des Sees war das Sammel- und Verarbeitungszentrum entstanden, in dem Timon vor Kurzem zwei Monate Außentätigkeit absolviert hatte, weil er gehofft hatte, dort Nachforschungen über seine Eltern anstellen zu können, von denen er nichts mehr gehört hatte, seit Hainegg vom Netz genommen worden war. Und auch weil er sehen wollte, was aus Hainegg geworden war, und natürlich, weil er sich ein paar alte Filme besorgen wollte, für die er eine hübsche Menge Punkte brauchte. Peckinpah, Pollack, Polanski. »Frantic« und »Chinatown«. Hatte er lange nicht mehr gesehen. Sollte er vielleicht wieder mal machen.

In der Stadt waren sie nicht, seine Eltern, das hatte er herausgefunden. Wahrscheinlich waren sie in einer der Seniorenresidenzen auswärts gelandet.

*

Pola stand am Fenster, schaute in den Regen hinaus und dachte an ihre Großmutter, die bis zuletzt unbeirrbar in ihrem Garten herumgefuhrwerkt hatte wie immer, selbst als der halbe Ort sich schon längst in der Stadt angemeldet hatte und in Klein-Camen nur noch ein paar störrische alte Leute zurückgeblieben waren, die sich auf ihr Eigentum oder lebenslanges Wohnrecht beriefen und davon sprachen, dass man alte Bäume nicht verpflanzen solle, auch nicht ins Schlaraffenland.

Wenn ich dich und Zsazsa nicht hätte, hatte Matilde oft gesagt, euch beide und den Garten, ich wüsste nicht, was ich machen würde.

Zsazsa war ein Welpe aus einem Wurf in der Nachbarschaft, sie war geboren worden, kurz nachdem Polas Eltern gegangen waren und Matilde das Kind gelassen hatten, weil sie ihrerseits nicht gewusst hatten, was sie machen würden und wie es bei ihnen weiterginge.

Es war eine wirre Zeit damals, das Ende einer Epoche, bevor etwas Neues anbrach; die Gruben waren geschlossen worden, die Menschen mussten aus Klein-Camen weggehen und sehen, ob sie irgendwo anders eine Arbeit bekämen, die Stiftung hatte übergangsweise für die Kinder, die nicht mehr versorgt werden konnten, eine Abteilung Förderung/Fürsorge ins Leben gerufen, aber um keinen Preis der Welt hätte Matilde Pola der Abteilung Förderung/Fürsorge überlassen. Nicht solange sie am Leben war.

Das Kind weinte anfangs viel und konnte abends nicht einschlafen, bis seine Großmutter die Idee mit dem Welpen hatte.

Ins Bett kommt der Hund mir nicht, sagte Matilde streng, als Pola sich Zsazsa zum Kuscheln ins Bett holen wollte, aber Zsazsa bekam ihr Körbchen in Polas Zimmer und passte von klein an jede Nacht auf Pola auf.

Bei ihrer Großmutter war Pola in all den schlimmen Jahren gut aufgehoben, die harkte seelenruhig in ihrem Garten, erntete Bohnen, Tomaten, Kürbisse und Kartoffeln und achtete darauf, dass Pola vernünftig lernte und gewissenhaft ihren Hund versorgte.

So ein Unfug, sagte Matilde, als die Leptospirose-Meldungen sich häuften und die Rede davon war, dass die Gefahr einer Massenansteckung für Menschen bestand. Auf allen Kanälen wurden die Meldungen stündlich ausgestrahlt. Es wurde zu vorsorglichen Impfungen geraten, Hundebesitzer wurden dringend aufgefordert, umgehend den Veterinär aufzusuchen, das Tier auf die gefürchteten Spirochäten untersuchen und bei positivem Befund unbedingt einschläfern zu lassen, aber Matilde dachte nicht daran, mit Zsazsa zum Tierarzt zu gehen.

Die tun inzwischen zweimal im Jahr, als wäre die spanische Grippe ausgebrochen, sagte sie, als wieder einmal von Pandemie die Rede war, papperlapapp, alles dummes Zeug, und damit war der Fall für sie erledigt.

Nachdem ihre Großmutter gestorben war, war Pola in Klein-Camen geblieben, bis der Ort vom Versorgungsnetz genommen worden war und allmählich der Abriss begonnen hatte. Im Mai hatte sie ihren

Rucksack gepackt und sich von den drei alten Frauen verabschiedet, die ihre Großmutter gerngehabt hatte und mit denen sie donnerstags immer Canasta gespielt hatte. Als Letztes von Malenka. Über Malenkas zerfurchtes Gesicht war ein winziges Rinnsal gelaufen, das sich durch die Falten einen Weg nach unten grub und dann mit der Ecke einer Küchenschürze weggewischt wurde, weil Malenka ein Abschiedsgeschenk für Pola hatte.

Ich hab da noch was für dich, mein Kind.

Am Morgen eines strahlend schönen Sonnentags hatte Pola noch einen letzten Strauß Akeleien und Jakobsleitern zum Friedhof gebracht. Von allen Blumen waren Matilde blaue Akeleien und Jakobsleitern am liebsten gewesen und Taglilien, die sich in ihrem Garten unaufhörlich vermehrten.

Danach hatte Pola sich aufgemacht und war zwischen den Feldern, die bis zum Horizont reichten, in Richtung Stadt gegangen.

Bei dem Gedanken an die Felder drehte sich ihr der Kopf, und ihr wurde leicht übel, aber jetzt, am Fenster, war nicht die Zeit, darüber nachzudenken, was sie auf ihrem Weg durch die Felder erlebt hatte, am liebsten nie mehr würde sie daran denken, aber sie wurde das Bild nicht los, wie Zsazsa die Haare am Nacken aufgestellt hatte, wie sie grollte und zum Sprung ansetzte, die Zähne fletschte und wie sie sich später winselnd ganz platt auf den Boden drückte, Pola wollte daran jetzt nicht denken, weil Angst nicht hilft; sie machte eine rasche Handbewegung vor ihren Augen, um das Bild ihres Hundes zu vertreiben, der halb tot und ganz platt auf dem Boden lag, weil sie jetzt darüber nachdenken musste, wie es weiterging.

Abramowski hatte gewartet, bis er dachte, dass Pola ihre Lage halbwegs erfasst hätte, und dann sagte er:

Als du geschlafen hast, habe ich mir den Dachboden angesehen. Da ist das Schloss defekt.

Und, sagte Pola.

Er ist riesig. Erstreckt sich über mehrere Hauseingänge.

Das klingt gut, sagte Pola vorsichtig.

Und was den Hund betrifft, sagte Abramowski.

*

Am Abend war die Endausscheidung auf District Channel. »Unser Tanz fürs Oktoberfest«, im Grunde nichts Aufregendes, nur eine Lokalausgabe der großen Show »Wettbewerb der Kulturen«, wo sie in der Kategorie Tänze Flamenco vorführten oder Sirtaki, den Navajo-Hoop und irgendwelche Maori-Tänze; heute Abend war es mehrere Nummern kleiner und weniger bunt, aber das Oktoberfest auf der Meile gehörte nun einmal zu den besten Herbstevents im Distrikt, Jule Tenbrock freute sich schon seit Wochen darauf, und Vorfreude ist die schönste Freude, außerdem hatte Yvis Steppgruppe ganz gute Chancen, unter die ersten drei zu kommen und sich einen Auftritt beim Fest zu ergattern.

Vergiss nicht, heute Abend für uns zu voten, hatte Yvi ihr eingeschärft.

Es war Jules Obsttag, sie hatte sich ein Glas Sanddornsaft angerührt und es sich mit einem Florida-Salat auf dem Sofa gemütlich gemacht und hätte vor der Sendung gern noch die Angebotsinfos durchgeblättert; bloß lag seit Tagen keine Angebotsinfo mehr unten an der Treppe. Der neue Hausdienst, als Jule ihn angerufen und nach den Infos gefragt hatte, wollte nicht zuständig sein.

Tut mir leid, liebe Frau Tenbrock, hatte er gesagt, aber da wasche ich meine Hände in Unschuld, die Angebotsinfos fallen nicht in den Hausdienstbereich, das ist Sache der Supermärkte; die haben ihre eigene Ausliefertruppe, vielleicht sollten Sie mal bei denen nachfragen.

Jule war an den Empfangstresen im Super-K gegangen und hatte nachgefragt, aber da hatten sie nur auf ihre Lieferliste geschaut und gesagt, dass alle Prospekte ordnungsgemäß ausgetragen worden seien. Manchmal haben die Auslieferer nicht den richtigen Wochencode, hatte man ihr gesagt, das kann schon mal passieren, und dann kommen sie natürlich nicht ins Haus hinein, aber in dem Fall lassen sie die Infos normalerweise vor der Tür liegen, und der Hausdienst nimmt sie später mit rein, wenn er kommt, und legt sie an die Treppe.

Das mit den Angebotsinfos hatte Jule schon von Anfang an auf die Palme gebracht, weil sie einstweilen noch ihre Nachbarschaftsabende bei Frau da Rica hatte, und da hätten beide schon am Vorabend gern durchgesehen, was sie am nächsten Tag haben wollte, es war ohnedies schwierig mit Frau da Rica; sie hatte damals die Darmgrippe abbekommen und etwas an der Niere zurückbehalten, seitdem musste sie salzarm essen, da entfielen also schon einige Menüangebote, und wenn Jule Tenbrock mit ihr nicht durchgehen konnte, was es am nächsten Tag überhaupt an Diätmenüs im Angebot gäbe, fühlte sie sich richtig hilflos.

Statt der Angebotsinfos schaute Jule sich die Nachrichten an. Wegen der Herbstdürre in ganz Europa war die Aussaat der Wintergetreide gefährdet, es hatte einen Hausbrand in einer der vorstädtischen Problemzonen gegeben, der aller Wahrscheinlichkeit nach das Stadtgebiet nicht erreichen dürfte, dennoch war zur Sicherheit die freiwillige Feuerwehr zum Einsatz am Stadtrand zusammengezogen worden. Nur noch mit halbem Ohr hörte sich Jule Tenbrock danach die Berichte über Überschwemmungen in Südostasien an, einen Trainerwechsel beim FC Rhein-Ruhr, die Wetteransage – endlich Regen, der jedoch den Grundwasserspiegel nicht ausreichend ansteigen lassen würde.

Bei der Brandmeldung fiel ihr die Frau mit dem Hund wieder ein, an die sie an dem Tag nur kurz einmal hatte denken müssen, weil in der Wäscherei einer der Aushilfsnäher erwähnt hatte, dass er jetzt nur noch »Abenteuer Alaska« brauchte, dann hätte er die Abenteuer-Serie komplett.

Jules Chef sagte, ist das nicht die Sendung mit den Schlittenhunden gewesen.

Korrekt, sagte der Näher, das ist die, wo die Hundestaffel sich notfallmäßig unter Zeitdruck durch Schneestürme und Blizzards kämpfen muss. Auf dem Schlitten haben sie massenhaft Medizin, irgendein Serum, und schließlich retten sie mit dem Serum eine ganze Stadt vor der Diphtherie.

Man stelle sich vor, sagte er voller Achtung für diese Leistung: über tausend Kilometer in hundertdreißig Stunden. Bis heute Weltrekord.

Balto, sagte Mering. Der Leithund hieß Balto. Das war einmal, setzte er mit betrübter Stimme hinzu. Der Hund kam später dann in den Zoo.

Bei dem Leithund Balto, der dann in den Zoo gekommen war, war Jule die Frau mit dem Hund wieder eingefallen, und jetzt durch die Brände in Detroit zum zweiten Mal an dem Tag.

Die Show war dann nicht so besonders, schon weil Lambek sie moderierte. Jule mochte Lambek nicht und hätte sich stundenlang über ihn aufregen können, und die Tänze fand sie auch nicht wirklich den Hit, eine Menge akrobatischer Gymnastikübungen, besseres Aerobic mit Stretching, eben was man so in der Meile lernt, dachte Jule, wenn man seine Punkte zum Fitnessdepot tragen möchte, dann kam eine Musical-Nummer, die über jeden Sender lief, seit Musical-of-the-World das Stück schon nach der Vorpremiere in den Himmel gelobt hatte, außerdem ein paar Folkloretänze, bei denen Jule die Kostüme gefielen. Yvis Steppgruppe hatte einen schlechten Tag, die Performance war kurz vor unterirdisch, und danach traten zwei auf, die richtig fetzigen Rock 'n' Roll hinlegten. Jule hatte gerade kürzlich auf dem Aushang im Super-K gelesen, dass in der Hall of Sports neuerdings Rock-'n'-Roll-Kurse angeboten wurden, das schien ein Revival zu werden.

Sie zog sich ihre Hausschuhe aus und tanzte zwei, drei Minuten mit. Überhaupt tanzte sie für ihr Leben gern, aber es machte keinen Spaß, nur vor der Konsole für sich allein die Schritte auszuführen, und so setzte sie sich bald wieder hin. Schade, dachte sie, dass so was mit Clemens nicht zu machen ist.

Ganz zuletzt kam noch eine Trachtengruppe auf die Bühne, die Lambek als »unsere« Favoriten fürs Oktoberfest begrüßte. Jule wurde plötzlich ärgerlich. An sich war ihr die Show nicht so wichtig, »unser Tanz fürs Oktoberfest« war ihr nicht so wichtig; wichtig wäre es ihr gewesen, wenn Clemens mit ihr diesen fetzigen Rock 'n' Roll tanzen würde, aber das würde er nicht tun, und jetzt brachte es sie übermäßig auf, dass dieser Schnösel von einem Moderator so tat, als ob ein Jost Lambek persönlich zu entscheiden hätte, wer »unser« Favorit ist, dabei war er nicht einmal stimmberechtigt, weil die Leute, die beim Sender arbeiteten, vom Voting ausgeschlossen waren, aber über solche Kleinigkeiten setzte sich Jost Lambek gerne mal hinweg; Jules Favorit wäre der Rock 'n' Roll gewesen, und zwar mit Clemens, und es hätte sie interessiert, was die Stiftung an Lambek fand, dass sie ihm alles durchgehen ließ, obwohl er in den Umfragen allmählich in den Keller rutschte.

Jetzt kündigte er mit geheimnisvollem Getue

einen Tanz an, der im Mittelalter aufgeführt worden sei, als die Leute aus Angst vor der Pest nicht mehr aus den Häusern gingen und das Leben in der Stadt erloschen war, und durch die Tänzer sei es wieder angekurbelt worden.

Was passt auch besser zu dem bevorstehenden Fest als ein Tanz der Schäffler.

Jule hatte keine Ahnung, was ein Schäffler war.

Und wenn Sie jetzt nicht wissen, was ein Schäffler ist, sagte Lambek, macht das gar nichts, man kann ja nicht alles wissen. Schäffler, müssen Sie wissen, waren die Handwerker, die in alten Zeiten die Weinfässer bauten.

So ausführlich hatte er die anderen Tanzgruppen nicht vorgestellt, also hatte sich hier soeben eine handfeste Publikumsbeeinflussung durch den Moderator vor Jule Tenbrocks wütenden Augen abgespielt, gegen die sich eigentlich jemand hätte wehren müssen, aber das Publikum in der City Hall muckste sich nicht.

Der Tanz war ziemlich langweilig, die Kostüme hatten wohl mit dem Mittelalter zu tun, und die Musik war scheußlich, es wurden Holzreifen mit Weingläsern durch die Luft geschwungen, die Reifen durften nicht runterfallen, und der Wein durfte nicht verschüttet werden, das war klar, und das kriegten sie auch hin, aber es sah lahm aus und längst nicht so raffiniert wie bei den Hoop-Tänzen der Navajo-Indianer.

Damit war der Abend für Jule verdorben.

Anschließend rief sie an und wählte natürlich

nicht den Rock 'n' Roll, sondern die Endziffer 5, weil sie Yvi Schallermann sonst nicht mehr unter die Augen treten könnte, und während der Auswertung war ihr einen Moment lang so, als hörte sie ein Geräusch über sich, das nichts mit der Show zu tun haben konnte. Über Jule wohnte keiner, also konnte das nicht sein.

Sie achtete nicht mehr darauf, weil am Ende der Show ein ziemlicher Wirbel losbrach. Etliche Zuschauer hatten beim Sender angerufen und verlangt, dass die Sieger disqualifiziert werden müssten, weil laut Satzung nur Männer zum Schäfflertanz zugelassen seien, und das sei Diskriminierung und frauenfeindlich.

Jost Lambek versuchte sich damit herauszureden, dass man die Satzung im Vorfeld der Show Paragraf für Paragraf studiert hatte, wir sind schließlich eine Sendeanstalt, hatte er gesagt, und dann hatte er bemerkt, dass in der Steppgruppe nur Frauen tanzen, da könnte man auch auf Diskriminierung schließen, aber da konterte eine Frau aus Yvis Gruppe, dass das nicht in der Satzung stünde, und Männer seien in der Steppgruppe jederzeit sehr willkommen.

Ha, sagte Jule zu ihrem Bildschirm, da hast du's. Sie war unbegreiflich wütend und hätte Lambek auf der Stelle entlassen.

Die Live-Gäste in der City-Hall johlten und trampelten mit den Füßen, und schließlich musste Lambek den Notar holen, der die Schäffler-Truppe tatsächlich disqualifizierte. Es ging ein bisschen hin und her, der Notar versuchte zu schlichten und

schlug vor, sie trotzdem als Ehrengäste beim Oktoberfest auftreten zu lassen, weil Weinfässer schließlich von Küfnern hergestellt worden seien, und auf
dem Oktoberfest werde seines Wissens Wein flie-
ßen, aber zuletzt wurden die Schäffler aus der Wer-
tung genommen, die Sendezeit wurde um eine Viertelstunde überzogen, weil ein zweites Voting nötig
war, Jule wählte wieder die Endziffer 5, und jetzt war
Yvis Steppgruppe auf Platz 3, nach dem Musical und
dem Rock 'n' Roll, und hatte den Auftritt in der Tasche.

Diesmal hörte Jule das Geräusch über ihrem Kopf
ganz genau. Es klang ein wenig wie leise Schritte.
Eher ein Trippeln.

*

Pola wartete, bis im Distrikt das Licht ausgeschaltet
wurde.

Punkt zehn Uhr dreißig, hatte Abramowski gesagt,
als er ihr seinen Zweitschlüssel und den Code gegeben hatte. Nach halb elf geht hier keiner mehr raus.

Sie gab noch eine Viertelstunde dazu.

Der Dachboden war riesig, Pola hatte die Wäsche-
leinen abgemacht, auf denen die Bewohner früher
ihre Sachen getrocknet hatten; unter dem alten
Zeug, den Töpfen, dem ganzen Hausrat, der ausge-
dient hatte und in einer Ecke zu einem Haufen zu-
sammengeschoben war, hatte sie ein paar verfilzte
braune Wolldecken gefunden; zusammen mit dem
Stapel Werbeprospekte aus dem Treppenhaus dürf-

ten die Decken fürs Erste reichen. Der Oktober war warm, sie hatte ein Dach überm Kopf, und bis es kälter würde, fiele ihr etwas ein. Ihr und Timon Abramowski, der ihr zuletzt noch ein paar Teelichter mitgegeben hatte, damit sie nicht im Dustern sitzen und darauf warten musste, bis es soweit war.

Jetzt würde erst einmal Zsazsa einfallen müssen, wo es etwas zu fressen gab.

Pola wickelte sich in ihren Mantel und versuchte, auf der Treppe keine Geräusche zu machen.

Still, Zsazsa, sagte sie, weil der Hund vor Freude an ihr hochsprang und anfangen wollte zu quietschen.

Draußen nieselte es nur noch ein bisschen. Der Himmel war schwarz. Das wenige Licht auf der Straße kam von den Bildschirmen hinter den Fenstern, hier und da flackerte eine Kerze.

Bei Abramowski flackerte keine Kerze. Abramowski stand am Fenster und sah durch die Dunkelheit nach unten.

Ich pass auf dich auf, dachte er, als die Haustür aufging und er Pola und ihren Hund in dem schmalen Lichtspalt erkennen konnte, der kurz auf die Straße fiel.

Zsazsa hielt ihre spitze Nase in die Luft und schnupperte in alle Richtungen die Straße entlang, dann wandte sie sich entschlossen nach rechts. Ins Zentrum. Sie war so aufgeregt oder so hungrig oder beides, dass sie nicht einmal ausreichend Ruhe zum Pinkeln fand, sondern eilig weiterschnüffelte, noch bevor sie damit fertig war. Pola war erleichtert, dass sie sich nicht darum kümmern musste, was Zsazsa auf dem Bürgersteig hinterließ. Morgen früh würde die Straßenreinigung noch vor Sonnenaufgang mit ihren Kehrmaschinen hier durchfahren; jedenfalls hatte Abramowski das gesagt, als er ihr in groben Zügen erklärt hatte, was sie erwarten würde, wenn sie das Haus verließe, und Pola war das sehr recht, auch wenn sie jetzt feststellte, dass die Straßenreinigung sich ihre Durchfahrt eigentlich schenken könnte, so sauber glänzte der nasse Bürgersteig durch die Nacht. Leer und verzweifelt sauber.

Sie wusste, dass sich im Zentrum des siebten Distrikts der gläserne Gebäudekomplex befand, den sie Meile nannten, und dass zwei der drei Supermärkte rechts und links vor der gläsernen Meile lagen.

Zur Superette hätte sie nach links in Richtung der Vorstädte gehen müssen, aus denen sie vor drei Tagen gekommen war.

Sie wusste, dass die Bewohner ihr Essen in den Supermärkten abholten und die Verpackungen mitsamt den Resten tags darauf wieder hinbrachten; dass sie ihre abgetragenen Kleidungsstücke zur Wäscherei brachten, dort wurde der Chip entfernt, bevor die Sachen in große Tüten kamen; die Wäscherei quittierte die Abgabe auf der Di-Card, und mit der Gutschrift auf der Di-Card konnte man sich in einer beliebigen Boutique in der Meile etwas Neues aussuchen.

Und Pola wusste, wo die Wäschecontainer mit der abgegebenen Altkleidung standen, die morgens geleert wurden, bevor die Straßenreinigung begann.

Wo die Abfall- und Lebensmittelcontainer standen, hatte Abramowski ihr nicht sagen können, er vermutete sie am Hintereingang der Supermärkte, aber das war kein Problem, Zsazsa hatte eine gute Nase und würde sie finden.

Zsazsa führte sie an der Tiefgarage vorbei, in der man sich, auch das wusste Pola, ein Fahrrad besorgen konnte. Natürlich mit der unvermeidlichen Di-Card.

Wie findest du das, Zsazsa, sagte Pola. Velo-Spot. Coffee Point, Cosy Home, aber Zsazsa hatte die Container des Super-K gewittert und stürmte nach vorn, und so sagte Pola nur noch leise zu sich selbst, was für affige Wörter.

*

Timon Abramowski machte sich eine Liste. Links schrieb er ein paar Namen von Leuten untereinander, die er lange nicht gesehen hatte und zu denen er in Kontakt treten wollte. Erst fiel ihm nur Milos Rahman ein, der schon damals nicht an die mutierte Leptospirose hatte glauben wollen; es würde schwierig werden, Rahman ausfindig zu machen, dachte Abramowski verzagt, aber dann erinnerte er sich an Hainegg, das er fast vergessen hatte und das ihm jetzt wieder so nah war, seit Pola Nogueira mit ihrem Hund hier lebte. Die Sprechstundenhilfe seines alten Doktor Pabst fiel ihm ein, eine unscheinbare, damals sehr junge Frau. Stille Wasser, dachte Abramowski. Nach dem Tod von Doktor Pabst war sie in die Stadt ge kommen, alleinstehend, mit einer kleinen Tochter, und sie hatten sich einige Male getroffen, weil Regine es nicht ganz leicht fand, sich im elften Distrikt einzuleben, in dem sie nicht mehr die Sprechstundenhilfe von Doktor Pabst war, sondern ein paar Jahre lang ihre Punkte mit etwas sammeln sollte, das Empowerment im Kindercenter hieß, und sie wusste nicht, was das sein sollte und hatte Mühe, die fünf Spielraumkonzepte der Stiftung zu begreifen.

Regenerations- und Mußespielraum, gut, das geht noch, sagte sie, aber sag mal ehrlich, kannst du dir unter Kontakt- und Kooperationsspielraum etwas vorstellen.

Inzwischen war Regine in den Klinik-Distrikt gezogen, nachdem ihre Tochter die Pflichtschule hinter sich hatte. Ihre neue Adresse müsste hier irgendwo herumliegen, er hatte sie ganz sicher aufgehoben, Adressen warf Abramowski niemals weg. Regine Novak, schrieb er auf seine Liste und machte hinter den Namen ein Ausrufezeiten: alleinstehende Mutter war gut. Danach durchforstete er sein Gedächtnis nach alten Freunden aus der Schulzeit, schrieb alle Hundebesitzer auf, die er gekannt hatte, seinen Kumpel Nils mit dem riesigen Bernhardiner, der manchmal mit an den Hainegger See zum Baden gekommen war, eine Liz mit einem Collie fiel ihm ein, aber da wusste er den Nachnamen nicht mehr; seine Französischlehrerin, damals direkt von der Uni nach Hainegg gekommen, hatte zwar keinen Hund gehabt, sich aber zwei Katzen angeschafft, um Gesellschaft zu haben, wenn sie an den Nachmittagen ihre

Hefte korrigierte, Mademoiselle Martin kam auch auf die Liste, und zuletzt war da noch der kleine Zwi Benda, der hochbegabt und schon als Kind exzentrisch gewesen war und später in ein Internat aufs Land gekommen war, eines der Bildungszentren, die damals gerade entstanden. Zwi war dem Hainegger Grundschulrektor aufgefallen, und der hatte sich die Hochbegabungsprämie nicht entgehen lassen und den Jungen der Stiftung gemeldet. Liest gern und viel, ist kreativ im Denken, neigt zu unkonventionellen Lösungsansätzen selbst bei einfachster Fragestellung. Spielt meisterhaft Schach für sein Alter. Sportliche Förderung wünschenswert.

Zwi hatte eine zahme Ratte gehabt, die er Tusnelda nannte und die sich gern auf seiner Schulter spazieren tragen und von Zwi die Welt erklären ließ.

Timon Abramowski sah ihn vor sich, wie er ihn zum letzten Mal gesehen hatte, mit seinen schwarzen Augen und dunklen Locken, seiner kühlen, logischen Leidenschaft, ein sonderbarer Junge war Zwi gewesen.

Ich bin bereit, das Leben als ein Schachspiel zu betrachten, hatte er seiner Ratte erklärt, als er die Prüfung zum Internat bestanden und einen Abschiedsbesuch im »Capitol« gemacht hatte.

An einem dieser Abende, an denen »Spartacus« oder »Yellow Sky« liefen und niemand gekommen war, hatten Zwi und seine Ratte sich praktisch allein die Vorstellung angesehen, und anschließend hatte Zwi das Bedürfnis gehabt, dem etwas älteren Freund und Kinobesitzer sein Herz auszuschütten.

Er hatte gesagt: Niemand fragt, warum dem Springer Sprünge gestattet sind, warum der Turm nur geradeaus gehen darf und der Läufer nur diagonal.

Abramowski hatte gesagt, ich spiele nicht so gut Schach.

Danach waren sie zu Zwi gegangen, hatten sich in der Küche von Zwis Mutter die Reste der Bratkartoffeln vom Abendbrot in der Pfanne noch einmal angebrutzelt, ein Bier genommen und schließlich einen langen Abend und eine halbe Nacht in Zwis Mansarde zugebracht, in der Zwi sehr viel mit seiner Tusnelda, aber auch einiges mit Abramowski gesprochen hatte.

Elitedeportation, hatte er zu seiner Ratte gesagt. Sie haben mich erwischt, meine arme Tusnelda, und jetzt bin ich dran.

Timon war entsetzt gewesen und hatte gesagt, im Internat lernst du jedenfalls mehr als die Schwundstufe, mehr als das ärmliche Pflichtschulprogramm, mehr als nur halbwegs Lesen und Schreiben, sei bloß froh.

Die Gesetze müssen hingenommen werden, sagte Zwi feierlich, nach diesen Regeln wird gespielt. Er seufzte und setzte hinzu, das habe ich mir nicht ausgedacht, das ist alles bloß abgeschrieben. Er nahm ein aufgeschlagenes Buch von seiner Bettdecke und reichte es Abramowski: Siehst du. Nach diesen Regeln wird gespielt. Es wäre töricht, sich dagegen aufzulehnen. »Denken mit W. Somerset Maugham«.

Abramowski hatte gesagt, der Name sagt mir was.

Zwi sagte, Namen, Namen, Namen, wem sagen

die was. Keinem sagt kein Name mehr was. Kein Name und kein Wort.

Pareto zum Beispiel, sagte er dann und zog Abramowski am Ärmel. Sagt dir das was.

Als Name oder als Wort, fragte Abramowski.

Peckinpah, Pollack, Polanski, dachte er jetzt. Pola. Pola sagte ihm etwas. Als Name, als Wort, als Mensch und als Frau. Als Gedächtnis und Zukunft.

Er setzte den Namen von Zwi Benda auf die linke Spalte seiner Liste und wandte sich den heiklen Namen zu, denen, die ihm Sorgen machten.

In die rechte Spalte, ganz oben, schrieb er in Großbuchstaben TENBROCK. Darunter die Namen der anderen Hausbewohner, wobei er hinter einige ein Fragezeichen setzte.

Über Jule Tenbrock würde er schleunigst mit Pola sprechen müssen, weil die Tenbrock die Schritte auf dem Dachboden und die Geräusche, die der Hund machte, so gut hören könnte wie er selbst. Nicht laut, aber laut genug für den neuen Hausdienst.

Hinter »Hausdienst« setzte Abramowski ein Fragezeichen und ein Ausrufezeichen, weil er nicht einschätzen konnte, ob der neue Hausdienst ein Problem sein würde. Mit etwas Glück könnte er eine enorme Hilfe sein.

*

Nach drei Tagen kam Pola sich nicht mehr vor wie ein Mensch. Das Kind strampelte von innen Dellen in ihren Bauch, die sie als wellenförmige Bewegungen von außen sehen konnte; manchmal schlief es, und Pola schwor sich, dass dieses Kind sich niemals so fühlen sollte wie seine Mutter in diesen Tagen; sie fühlte sich wie ein Schwein am Futtertrog. Der Mikrowellenfraß schmeckte schon nicht, wenn er warm war, aber als kalte Reste war er Abfall. Einfach bloß Abfall, dachte Pola, ekelhaft.

Es war eine Beleidigung, so leben zu müssen.

Pola wollte weg, raus aus der Stadt.

Aber das Kind in ihrem Bauch strampelte.

Nach dem Regen wurde es allmählich kühler; demnächst käme der Winter. In der schönen Jahreszeit war das Leben da draußen nicht allzu beschwerlich gewesen, aber Pola wusste nicht, wie es im Winter sein würde, und sie glaubte nicht, dass sie das Kind ganz allein, ohne Hilfe, auf die Welt bringen könnte.

Wie ein Tier.

Sie musste allmählich darüber nachdenken, sich hier oben ein Nest zu bauen, und fing an, in den Nachtstunden, wenn sie mit Zsazsa wieder oben war, aufzuschreiben, was sie für ein Dachbodennest alles brauchte.

Die Nachtstunden in der ersten Zeit waren das Schlimmste, weil Pola verstört war und mechanisch immer wieder von vorn überlegte, wie es gehen könnte, aber so sehr sie sich auch den Kopf zerbrach, immer gab es nur ein Ergebnis: Es würde gar nicht gehen, sie saß in einer geräumigen Falle, aus der sie so schnell nicht entkommen konnte. Die Notizen für den Nestbau waren das Einzige, was sie halbwegs beruhigte, weil sie eine Tätigkeit brauchte, irgendetwas tun musste und nicht nur hier oben herumsitzen und sich nach dem Garten in Klein-Camen sehnen konnte, nach der Großmutter, die unbeirrt in ihrem Garten herumgefuhrwerkt hatte, selbst als die Welt zusammenbrach, und seit ihrem Weg durch die Felder war Polas Welt zusammengebrochen, aber Angst hilft nicht.

Und dennoch: Wenn sie nicht gewusst hätte, dass unten, in seiner Wohnung, Timon Abramowski auch darüber nachdachte, was sie brauchen würden, Zsazsa, das Kind und sie, hätte sie sich wahrscheinlich jede Nacht gewünscht, am Morgen nicht mehr aufzuwachen. Wie das kleine Mädchen, das sie gewesen war, bevor sie Zsazsa bekommen und der Hund in seinem Körbchen das Kind im Schlaf bewacht hatte.

Timon hatte keinen festen Job. Die Leute im Distrikt hatten fast alle keinen festen Job, außer wenn sie gelegentlich einen freiwilligen Einsatz hatten, in der Landwirtschaft oder in einem Fertigungsbetrieb. Im Distrikt machten sie alles ehrenamtlich, hatte Pola festgestellt, und im Distrikt hatten sie für alles die falschen Wörter. Für ehrenamtlich sagten sie Empowerment. Wer keine Lust hatte, musste nicht. Die meisten machten aber Empowerment, weil sie dafür Punkte bekamen. Timon, so viel wusste sie inzwischen, meldete sich immer, wenn es etwas anzupflanzen oder sonst eine Arbeit draußen zu erledigen gab, im Grünbereich, wie sie das nannten, Tulpenzwiebeln in die Erde stecken, Bäume schneiden, der siebte Distrikt beteiligte sich an einem Wettbewerb um die schönste Stadtbegrünung; damit waren viele Punkte zu gewinnen.

Timon sagte, es ist nicht der Hainegger Wald, aber auf die Art bin ich wenigstens draußen. Seit Pola da war, träumte Timon vom Hainegger Wald.

Manchmal ging er tagsüber hoch oder klopfte an die Decke, um ihr ein Zeichen zu geben, wenn er zuvor im Treppenhaus gehorcht hatte, ob die Luft rein war. Dann kam sie mit Zsazsa herunter, sie tauschten ihre Notizen zum Nestbau aus, und Timon staunte über die Frau mit dem Hund, diese Kostbarkeit, die so unerwartet in seinem Leben aufgetaucht war, dem vorher nichts gefehlt zu haben schien. Nur jetzt, wenn sie auf seinem Sofa saß, die schwarze Haarmasse mit einem Kamm hinten hochgesteckt, dass man den schönen Nacken sah, in dem sich ein paar Härchen kräuselten, die Ponyfransen achtlos im Gesicht, und manchmal pustete sie nach oben, wenn sie ihr in die Augen fielen; jetzt plötzlich tat es weh, und plötzlich fehlte alles. Die Algen am Hainegger See. Bratkartoffeln, die Kindheit, Abraxus.

Und gleichzeitig war alles wieder da mit der Frau und ihrem Hund. Manchmal versprach er Zsazsa, ihr den Wald und den See zu zeigen, und danach wandte er sich wieder Polas nächtlichen Aufzeichnungen zu, die Pola mit Eifer vor ihm hinbreitete, als könnte er ihr helfen.

Sie hatte sich Bretter aufgeschrieben.

Er konnte ihr nicht helfen, wenn sie Bretter

brauchte, aber sie würde Bretter brauchen, erklärte sie, um sich einen kleinen Schlafraum bauen zu können, des Weiteren brauchte sie Nägel, eine Säge und einen Hammer. Warm würde das nicht werden, aber es war ein Anfang.

Als Timon sah, wie sie sich ihre Unterkunft vorstellte, schüttelte er nur den Kopf und sagte, wo denkst du hin. Hast du hier je einen Baumarkt gesehen.

Abends ging er regelmäßig zu ihr hoch, wenn überall unten in den Wohnungen die Shows, die Serien oder die Spiele liefen, und brachte Werbeprospekte, die er tagsüber hatte bekommen können, oft auch ein paar von den dickeren Katalogen, die in der Meile auslagen. Anfangs breiteten sie die Prospekte und Kataloge auf dem Dachboden aus, bis Pola eine dicke, warme Unterlage unter ihren filzigen Decken hatte und Zsazsa herumlaufen konnte, ohne dass sie unten zu hören war, und nachdem die ersten Schritte zum Nestbau getan und die ersten mutlosen Nächte überstanden waren, merkte Pola, dass ihre Verzweiflung langsam nachließ.

Obwohl sie für Zsazsa sorgen musste, machte der Hund ihr Mut. Vielleicht machte er ihr Mut, weil sie für ihn sorgen musste.

Das Kind machte ihr auch Mut, obwohl sie noch gar nicht dafür sorgen musste.

Und Timon Abramowski machte ihr Mut, am Anfang erst leise und vorsichtig, aber dann fingen beide an, sich gegenseitig mit ihrer Zuversicht anzustecken.

Wenn man einen Plan hat, beginnt man allmählich, sich zu verstehen.

Das ist das Wunder. Aber man braucht einen Plan.

Sackkarren, sagte Timon.

Pola war entzückt.

Guter Gedanke, sagte sie hochzufrieden. Was denkst du über Geräteschuppen.

Gewagt, sagte Timon. Aber warum nicht.

*

Also gut, mein Mädchen, wie du meinst, hatte die alte Malenka zum Abschied gesagt und sich die Tränen mit der Küchenschürze aus dem Gesicht gewischt. Aber so lasse ich dich nicht gehen. Ich hab da noch was für dich.

Dann hatte sie Pola mit gekrümmtem Zeigefinger gewinkt und war gebückt in die Garage vorausgegangen.

Sie sah aus wie eine Hexe aus dem Märchen, sagte Pola, als Abramowski die Briefumschläge entdeckte und danach fragte, was für einen Schatz sie in diesen Briefumschlägen hütete.

In der Garage stand eine Kommode, in der Malenka eine Menge Briefumschläge aufbewahrte. Bestimmt siebzig, wenn nicht mehr.

Pola kannte die Kommode von früher. Sie hatte im Wohnzimmer gestanden, als Janacek noch gelebt hatte und die Kinder und Enkel noch in Klein-Camen gewohnt hatten.

Wenn es etwas zu feiern gab, kochte Malenka Bigosch und buk zum Nachtisch süße Piroggen oder Mohnkrapfen, und die wurden dann auf dem guten Goldrandgeschirr serviert, das sie für besondere Anlässe in ihrer Kommode im Wohnzimmer stehen hatte. Die Kaffeekanne hatte einen goldenen Henkel, und wenn Malenka mit der Kanne und den Platten voller Gebäck aus der Küche kam, duftete das ganze Haus.

Bratkartoffeln, dachte Timon Abramowski, als Pola erzählte, wie es in Malenkas Haus geduftet hatte. Streuselkuchen, dachte er. Bienenstich. Algen am Ufer des Hainegger Sees.

Für die Kinder gab es Kakao, sagte Pola.

Allerdings gehörte zum Goldrandgeschirr nur eine einzige Kanne. Also kam der Kakao für die Kinder in einer Kanne auf den Tisch, die überhaupt nicht zum Sonntagsgeschirr passte, weil Malenka für den Alltag ein altes Service aus Keramik hatte, aus Bunzlau.

Kennst du Bunzlauer Porzellan. Uralt. Blau, mit weißem Muster.

Hörst du mir überhaupt zu, sagte Pola.

Abramowski war an eines der Dachbodenfenster gegangen und schaute in die Nacht hinaus.

Jetzt drehte er sich um und sagte, und wie ich dir zuhöre. Sprich nur weiter.

Malenka war also mit Pola in die Garage gegangen und hatte die alte Kommode geöffnet. Neben dem Goldrandgeschirr bewahrte sie einen Stapel Briefumschläge auf, bestimmt siebzig oder achtzig, in denen sie jetzt herumzublättern begann. Hier und da nahm sie einen Umschlag heraus und gab ihn Pola.

Die wollte erst ablehnen, aber Malenka sagte, du steckst das jetzt ein, sonst bleibt am Ende gar nichts mehr von uns übrig.

Auf jedem Briefumschlag hatte sie in ihrer schrägen Schreibschrift vermerkt, aus wessen Garten die Samen stammten, die Jahreszahl und die Gemüsesorte. Manchmal noch eine Bemerkung: Verträgt keine stehende Nässe. Möglichst im Windschatten pflanzen. Lange Keimdauer. Frostempfindlich.

Das kannst du schlecht ablehnen, oder, sagte Pola, und Abramowski sagte, ein paar Briefumschläge mit ganz Klein-Camen darin, und von nun an zweigte er bei seinen Jobs im Grünbereich immer ein paar Handvoll Erde ab.

Auf dem Dachboden wuchsen langsam die Mauern aus alten Angebotsprospekten vom Papiercontainer. Timon hatte aus dem Lager einen der Sackkarren geholt, auf denen er kürzlich Weinfässer in die Meile gefahren hatte, sie würden erst nach dem Oktoberfest wieder gebraucht.

Wir sollten die Nächte ausnutzen, um an der Hütte zu bauen, sonst wird das nichts vor dem Winter, sagte Abramowski. Du brauchst dringend hier oben Strom.

Und es wuchs die Liste der Dinge, die es im siebten Distrikt nicht gab.

Eine Verlängerungsschnur wäre zum Beispiel nützlich, sagte Pola.

Gibt's nicht, sagte Abramowski. Der Strom kommt aus der Wand.

Und die elektrischen Geräte, fragte Pola.

Lass mich mal zählen, sagte Abramowski behutsam. Er machte seine rechte Hand zur Faust und streckte dann langsam den linken Daumen, dann den Zeigefinger und zuletzt den Mittelfinger aus seiner Faust heraus: Da hätten wir die Konsole und die Mikrowelle. Macht bei mir zwei Stecker im Zimmer, plus einen dritten Anschluss im Bad.

*

Jule Tenbrock war in Oktoberfeststimmung. Die Meile sah toll aus. Nur zu Weihnachten und beim Frühlingsfest mochte sie die Deko noch lieber.

Kurz vor der Eröffnung rief Clemens bei ihr an.

Mit Tanzen wird es wohl diesmal nichts, sagte er.

In letzter Zeit wird es mit so einigem nichts, dachte Jule kühl, aber sie sagte besser nichts, weil er es nicht mochte, wenn sie sich beklagte.

Ich wollte dir nichts davon sagen, bevor es in trockenen Tüchern ist, sagte Clemens.

Es klang ziemlich bedeutend und offiziell.

Dann kam er damit heraus, dass er sich für »Grandma's Cooking Corner« beworben und den Job bekommen hatte.

Stell dir vor, Baby, sagte er und platzte beinah vor Stolz, weil die »Cooking Corner« auf jedem Fest der absolute Hit war und außerdem direkt der Stiftungszentrale unterstand.

Ja dann natürlich, sagte Jule, gratuliere.

Enttäuscht war sie trotzdem, aber sie hatte die Enttäuschung im Grunde erwartet, also fühlte sie sich lau und etwas leer an, und es tat gar nicht weh.

Die stellen da nicht jeden beliebigen Seminarleiter an den Herd, sagte Clemens, weil er Jules Enttäuschung oder das Laue in ihrer Enttäuschung gehört hatte, und Jule fragte, und was steht dieses Mal auf der Karte.

Kartoffelpuffer, sagte Clemens. Nach Art der Oma. Und anschließend Linsensuppe. Volles Programm.

Jule dachte an die Steppabende, von denen Yvi immer schwärmte, und an den Aushang im Super-K, die Rock-'n'-Roll-Kurse in der City Hall. Wahrscheinlich wäre das die einzige Art, einmal zum Tanzen zu kommen. Mit Clemens jedenfalls nicht.

Das Programm fand sie dann bis auf die langweiligen Schäffler in ihren Mittelalterkostümen ganz nett. Für jeden etwas, von Volksmusik über die üblichen Ohrwürmer bis zu den vorläufigen Favoriten für den »Wettbewerb der Kulturen«. Jost Lambek moderierte, er war natürlich derselbe Schnösel wie immer, aber Jule hatte das Gefühl, dass er nach seiner Entgleisung letztens doch eins auf die Mütze gekriegt haben musste, so betont nahm er sich jetzt zusammen. Yvis Gruppe war etwas besser in Form als bei der Show, weil sie nicht so aufgeregt war, aber die Rock 'n' Roller waren um Klassen besser. Am Schluss kündigte Lambek als »unsere Ehrengäste und eine Zugabe, die wir mit kräftigem Applaus begrüßen wollen«, die Schäffler an, und als die endlich abgetreten waren, sagte er ins Publikum hinein: Und um es jetzt mit den alten Rammsteins zu sagen – Feuer frei! Disco für alle.

Innerhalb kürzester Zeit tanzten so ungefähr alle. Jedenfalls kam es Jule so vor, als ob alle tanzten, weil sie am Rand herumstand und zugucken musste, und da kam es ihr natürlich so vor, als wäre sie der einzige Mensch, der niemanden zum Tanzen hatte.

Alle anderen amüsieren sich prächtig, nur man selbst ist überflüssig und unsichtbar, dachte sie.

Von hinten legte ihr jemand einen Gipsarm auf die Schulter.

Sind Sie auch ganz allein auf dem Fest, sagte Frau da Rica. Sie hatte einen Becher Wein in der Hand und war bester Stimmung.

Jule sagte, meine Freundin hat eben gesteppt, und mein Freund macht diesmal die »Cooking Corner«.

Nichts wie hin, im Übrigen heiße ich Luisa, sagte Frau da Rica und streckte ihr die Hand hin.

Jule vergaß, die Hand zu nehmen, denn in dem Moment sah sie auf der Tanzfläche Timon Abramowski. Die Frau, mit der er tanzte, hatte heute keinen schmutzigen alten Herrenmantel an, sondern ein Kostüm. Schmaler Rock, dazu eine senffarbene Kurzjacke im Glockenschnitt. Mode von vor zwei Jahren, aber sie sah hübsch darin aus. Die Haare hatte sie mit einem glitzernden Kamm hinten hochgesteckt. In der linken Hand hielt sie zwischen dem Zeigefinger und dem Mittelfinger einen rot-weiß gestreiften Trinkhalm, den sie während des Tanzens manchmal in den Mund steckte. Dann atmete sie tief ein, streckte den Trinkhalm mit einer etwas gespreizten Handbewegung von sich weg und pustete die Luft aus, die sie durch den Trinkhalm eingesogen hatte, und beide lachten.

*

Unsere Großmütter mussten bereits beim Einkauf in ihren Edeka- oder Aldi- und Lidl-Märkten Schwerstarbeit leisten, sagte der Mann, dessen Vorführung Pola unbedingt verfolgen wollte. Er stand hinter einer Küchenzeile, von der im Programmheft angekündigt war, dass sie exklusiv für »Grandma's Cooking Corner« angefertigt worden sei, im originalen Retrolook und mit historischem Inventar.

Timon flüsterte Pola ins Ohr, das ist der Hygienemann von Jule Tenbrock.

Clemens fuhr fort: Für Kartoffelpuffer, wie wir sie heute zubereiten wollen, schleppten die Omas folgende Zutaten vom Supermarkt bis in ihr Domizil, das womöglich im dritten oder vierten Stockwerk lag, Treppensteigen also im Schleppen sehr häufig mit inbegriffen.

Er griff in den großen Kartoffelsack, der auf der Anrichte seiner Showküche stand, und sagte: Natürlich hätten sie jede Kartoffel auch einzeln erwerben können. Diese etwa würde für einen Puffer schon reichen.

Er hielt eine Kartoffel in die Höhe und sagte, wie Sie sehen, klebt eine Menge Lehm an der Knolle.

Eine nicht unbeträchtliche, fügte er hinzu, ging zu einem großen Waschbecken, das in die Arbeitsplatte eingelassen war, drehte den Hahn auf, und während er sich unter laufendem Wasser die Hände wusch und mit einer Bürste den Lehm von seiner Kartoffel schrubbte, sagte er, was für eine Ressourcenvergeudung.

Das Publikum gab einen dunklen Ton von sich. Was für eine Vergeudung.

Allerdings, sagte Clemens, nachdem es wieder still geworden war, allerdings war es zur Zeit unserer Großmütter kaum möglich, Kartoffeln oder – hier die nächste Zutat für unser heutiges Gericht – Zwiebeln in angemessener Menge für ein einzelnes Gericht zu erstehen, üblich waren vielmehr solche Mengen.

Er wuchtete mit der rechten Hand ein Netz Kartoffeln und mit der linken eines mit Zwiebeln auf seine Arbeitsplatte. Und das noch fürs Apfelmus, sagte er und hob einen Sack mit roten Äpfeln hoch.

Fünf Kilo Kartoffeln, zwei Kilo Äpfel, sagte er und schüttelte demonstrativ die Hand, mit der er die Kartoffeln hochgewuchtet hatte, um anzudeuten, dass sie vom Gewichtheben schmerzte, dann zeigte er auf die Zwiebeln und sagte, fünf plus zwei plus drei macht?

Zehn, schrie die Menge.

Plus, sagte er, dabei bückte er sich erneut und stellte eine große gelbe Plastikflasche und eine weiße Packung zu den ersten Zutaten auf die Arbeitsplatte. Plus drei Liter Öl zum Braten, für einen einzigen

Reibekuchen oder drei oder meinetwegen auch vier oder zehn besorgten sich unsere Großmütter die gewaltige Menge von mindestens einem, üblicherweise jedoch drei Litern Öl sowie ein Kilo Mehl für die Bindung. Wenn Sie mir bis hierher gefolgt sind: Für ihre paar Kartoffelpuffer schleppten sie vierzehn Kilo Lebensmittel nach Hause, und irgendetwas fehlt jetzt noch. Was könnte uns noch fehlen.

Keine Antwort.

Tja, sagte Clemens. Die Rezepte mussten sie auch noch alle im Kopf haben, die Armen. Was jetzt noch fehlt, das sind Eier und Salz. Er zeigte auf eines der Schubfächer, die unter den Hängeschränken angebracht waren. In blauer Schnörkelschrift stand auf den Fächern »Salz«, »Grieß«, »Reis«, »Nudeln«. Es waren viele Schubfächer, alle waren weiß emailliert, und alle waren beschriftet.

Und spätestens jetzt, sagte Clemens mit beunruhigend gedämpfter Stimme, während er einem Kühlschrank hinter sich eine Packung aus Pappmaschee entnahm und vor den Augen seiner Zuschauer aufklappte. Spätestens jetzt, sagte er und hielt mit gestrecktem Arm voller Abscheu ein Ei so weit von sich weg, wie er konnte, machte eine kleine Pause und sagte dann, allerspätestens mit dieser Zutat wurde die Tätigkeit nicht nur beschwerlich, sondern ernsthaft gefährlich.

Pola sagte leise, ich hör wohl nicht richtig.

Wart nur ab, sagte Abramowski.

*

=

Jule Tenbrock stand neben Luisa da Rica und beobachtete ihren Nachbarn und Pola Nogueira. Der Hund war nicht dabei.

Die beiden waren vertraut miteinander, gelegentlich flüsterte einer dem anderen etwas zu. Inmitten der Menge der Zuschauer sahen sie aus wie eine Insel. Wie eine Zweierinsel, dachte Jule und spürte ein ziehendes Gefühl in der Brust.

Vorne in der »Cooking Corner« zog Clemens mehrere Dinge aus den Schubladen und Unterschränken seiner Retro-Küche. Was die Großmütter alles so brauchten.

Kartoffelschälmesser, hörte Jule, Gemüsereibe, Schneidebrett, Bratpfanne, teflonbeschichtet, und nun zur Publikumsfrage: Wer traut sich? Hat einer Mut?

Er hielt ein kleines Messer mit rotem Griff und eine Zwiebel hoch.

Niemand antwortete, und Clemens begann, ein paar Kartoffeln zu schälen und zu reiben. Während er sich ungeschickt damit abmühte, sagte er, und was, meine Damen und Herren, machten unsere Großmütter mit all den Kartoffeln, dem Mehl, dem Öl und den Zwiebeln, die sie für ihre Kartoffelpuffer nicht brauchten?

Nach einer Pause, in der die Zuschauer ratlos abwarteten, was die Großmütter wohl damit gemacht hatten: Richtig. Sie mussten sie lagern. Sachgerecht lagern. Er drehte sich in seiner Showküche um: Aber wie und wo? Sie haben es erraten, meine Damen und Herren, an sachgerechte Lagerung war nicht zu denken. Kühl und dunkel muss gelagert werden, sonst entstehen gesundheitsgefährdende Keime, die sich unkontrolliert vermehren.

Keime, hörte Jule, unkontrolliert vermehren. Sie sah, wie Pola aufgeregt mit Abramowski tuschelte.

Das Öl wurde ranzig, sagte Clemens. Das Mehl war voller Motten. Und was dann? Alles ab in den Müll. Was für eine Verschwendung. Was für eine Gesundheitsgefahr. Und ich bin noch nicht einmal bei den Eiern.

Er hatte zwei Kartoffeln geschält und sich beim Reiben die Kuppe des rechten Zeigefingers verletzt.

Sanitäter, bitte rasch Desinfektion und ein Pflaster, ich blute, rief er in die Meile. Jule erschrak. Pola zog heftig an ihrem Trinkhalm, pustete pathetisch in die Luft, verschluckte sich und fing an zu kichern. Sie schubste Abramowski am Arm, aber der legte einen Finger auf den Mund und deutete mit dem Kopf nach vorn, wo Clemens ein paar Zahlen nannte, während er auf die Versorgung seiner Wunde warten musste.

Ein Viertel aller Lebensmittel, hörte Jule. Ab in den Müll. Verdorben. Und anderswo gab es Hunger.

Hunger, das mag man sich heute nicht vorstellen, aber, meine Damen und Herren, vergessen Sie nicht: Zur Zeit unserer Großmütter betrug die Bevölkerungszahl etwa sieben Milliarden. Sieben Milliarden Menschen auf dieser Welt. Wahnsinn, oder.

Das Publikum gab mit einem leisen Grollen seine Zustimmung. Wahnsinn, oder.

Ein Sanitäter im Laufschritt erreichte »Grandma's

Cooking Corner« und setzte eine Ambulanztasche mit dem Stiftungslogo auf die Arbeitsplatte. Antibakteriell, hörte Jule und konnte den Blick nicht von der Zweierinsel in der Menge des siebten Distrikts wenden. Eben nickte Abramowski, offenbar hatte Pola etwas gesagt, was seine Zustimmung fand.

Und jetzt, sagte Clemens, nachdem seine Wunde mit Polyhexanid und einem Pflaster versorgt war, jetzt werden wir die geriebenen Kartoffeln mit einem Löffel Mehl vermischen, dazu geben wir etwas Salz und ein Ei.

Er lehnte sich weit zurück, während er das Ei aufschlug, aber das wäre gar nicht nötig gewesen, das Publikum begleitete den unappetitlichen Vorgang des Eiaufschlagens mit ausgiebigen Geräuschen seines Missfallens.

Clemens wusch sich erneut die Hände.

Cholesterin, sagte er und rasselte dann die Schreckenswörter herunter, die zu Eiern nun einmal gehörten.

Blutfett, Industriefett, Salmonellen, Dioxin hörte Jule und sah, wie Abramowski mit der rechten Hand ganz zart und fürsorglich eine kleine schwarze Strähne aus Polas Stirn strich. Pola schaute nach unten, sie war ein bisschen verlegen, aber sie lächelte.

Abramowski und die Frau mit dem Hund, dachte Jule. Sie sah die drei zusammen. Sie sah, dass sie zusammengehörten. Sie sah sie zu dritt, links den Mann, in der Mitte die Frau und rechts davon den Hund. Aber sie sah sie von hinten. Sie gingen weg. Sie entfernten sich. Ganz langsam aus Jules Blickfeld hinaus, und schließlich waren sie verschwunden.

Es war ein schönes Bild, und es machte sie traurig.

Noch immer niemand, der sich traut, sagte Clemens und hielt wieder das Messer mit dem roten Griff und die Zwiebel in die Luft. Freiwillige bitte melden.

Bloß nicht, sagte Luisa da Rica neben Jule und versuchte, sie am Arm festzuhalten, aber Jule schob den Gips beiseite und ging nach vorn.

Ah, eine mutige junge Dame, sagte Clemens, ich bitte um Applaus.

Jule sah ihm geradewegs in die Augen.

Dann schaute sie ins Publikum und fand Timon Abramowski und Pola Nogueira. Beide sahen ihr geradewegs in die Augen.

Jule hatte noch nie eine Zwiebel in der Hand gehabt, geschweige denn geschält und geschnitten.

Sie nahm das kleine Messer, schnitt das obere und das untere Ende der Zwiebel ab. Ein beißender Geruch stieg ihr in die Nase. Sie fing an zu schälen. Die Zwiebel hatte ziemlich viele trockene braune Häute, danach kamen weichere gelbliche, schließlich noch durchsichtig glitschige, dann erst war die Zwiebel weiß und fest.

Nur zu, die Schale muss ab, junge Dame, mal nicht so zaghaft, sagte Clemens, der sicherheitshalber zwei Schritte zurückgetreten war, und im Publikum gab es ein paar glucksende Geräusche. Pola und Abramowski lachten nicht. Das konnte Jule noch sehen, bevor sie gar nichts mehr sehen konnte.

Und nun schön in der Mitte durchschneiden, sagte Clemens. Es klang schadenfroh. Jule schnitt die Zwiebel längs durch und in Halbringe, die Halbringe danach in Stücke, der Geruch stieg ihr durch die Nase hoch in die Augen, er drückte und trieb ihr Tränen aus den Augen, ein Wasserfall lief ihr über das ganze Gesicht, die Tränen tropften auf das Schneidebrettchen mit den Zwiebelstücken, der Geruch, der ihr bis in die Augen gestiegen war, war beißend, scharf, betörend, verwirrend, alles auf einmal. Jule legte das Messer mit dem roten Griff beiseite, um ihre Hand an die Nase zu führen, die Hand duftete süßlich und nicht so scharf wie die Zwiebel selbst, die sie zum Heulen brachte; Jule sog den süßen Geruch ihrer Hand in die Nase und den scharfen, von dem ihr die Augen überliefen, sie ließ die Tränen laufen, das ganze Schneidebrettchen war schon klitschnass, aber Jule hörte nicht auf, sie machte heulend einfach weiter, schnitt unter Tränen die Zwiebel in kleine Stücke, und als sie fertig war, konnte sie nicht anders. Sie sah irgendwo in der Menge verschwommen ihren Nachbarn und diese fremde Frau; den Mann, der zwei Schritte hinter ihr stand, hatte sie bereits ein für allemal vergessen.

Ein Bravo für die tapfere junge Dame, sagte er, und Jule konnte nicht anders. Tränenüberströmt stand sie in »Grandma's Cooking Corner« und musste einfach lachen. Tief von innen heraus und aus vollem Herzen laut lachen, wie sie noch nie in ihrem Leben gelacht hatte. Die Tränen liefen noch immer, als sie wieder neben Luisa da Rica stand, und noch immer wurde sie von diesem Lachen geschüttelt, das ihr tief aus dem Inneren kam, daher, wo die Lust und die Sehnsucht sitzen.

Was ist denn in dich gefahren, sagte Luisa da Rica.

Ich weiß auch nicht, sagte Jule Tenbrock, als sie wieder sprechen konnte.

*

Nach dem sonderbaren Auftritt von Timons Nachbarin kam es, wie es immer bei diesen Vorführungen kommt: Der Hygienemann goss Öl in die Pfanne, erklärte, dass Öl ein gefährlicher Rohstoff sei, leicht entzündlich, und wie schnell könne durch heißes Öl ein Haus in Brand geraten.

Wir sind hier zum Glück nicht in Detroit, sagte er, und das Publikum lachte.

Dann gab er eine Suppenkelle voll Pufferteig ins heiße Fett, das Fett spritzte, der Hygienemann sagte, Vorsicht, heiß und fettig, und vor Großmutters Herd war es außerdem glitschig. Akute Rutschgefahr.

Danach klingelte sein Telefon. Timon beugte sich zu Pola hinüber und flüsterte ihr ins Ohr, ich weiß nicht, warum sie es jedes Mal auf dieselbe Art machen, aber immer klingelt das Telefon, und immer kommt dasselbe Telefonat.

Wie? Im Bingo gewonnen? Wusste gar nicht, dass du auf Bingo stehst.

…

Ist ja Wahnsinn, natürlich gern. Ja, unbedingt. Nein nein, da brauche ich Rita gar nicht erst zu fragen. Die wird begeistert sein.

…

Erlebnis-Arena klingt gut. Die haben da diesen sagenhaften Action Tower.

…

Auch nicht schlecht. Klar kenne ich das. Regenwald, tropisches Südseeflair, Palmen, aber ehrlich gesagt, ich komm mit der Luftfeuchtigkeit in dieser Aquahalle nicht gut zurecht.

…

Ja du, das müsste man mal durchdenken. Kann ich jetzt auch nicht sagen.

…

Oh, warte mal, Mist, hier riecht es so komisch. Ich glaube, mir ist gerade was angebrannt.

Damit ist die Sache jetzt erledigt, sagte Timon.

Und was ist mit dem Apfelmus, das er noch kochen wollte, sagte Pola.

Daraus wird nichts. Das merkt aber keiner.

Aber er hat doch die Äpfel da liegen, sagte sie.

Timon sagte, es fragt aber keiner danach.

Und wenn doch.

Sie tun's nicht, sagte er.

Pola war zum ersten Mal tagsüber in der Meile. Sie hatte sich aus dem Wäschecontainer mehrere Jeans, ein paar warme Pullover, eine dicke Jacke und, wie sie es nannte, ein paar Ausgehsachen besorgt und hoffte, dass man ihr in diesen Anziehsachen nicht ansehen würde, dass sie nicht von hier kam.

Man hätte es ihr anmerken können, weil sie so angestrengt aussah, wenn sie versuchte, die Regeln zu verstehen, nach denen gespielt wurde. Und sie überlegte, ob sie bereit wäre, das Leben als ein Spiel zu betrachten. Mit dem rot-weiß gestreiften Trinkhalm zwischen den Fingern war sie dazu bereit; dann wurde sie übermütig und verwandelte sich in einen komischen kleinen Clown, über den Abramowski lachen musste.

Die Vorführung endete wie erwartet.

Der Hygienemann sagte, und nun, meine Damen und Herren, haben Sie die Qual der Wahl. Er zog aus dem Gefrierfach die Oktoberfestbox hervor, die der Super-K im Programm hatte, nahm den Behälter mit dem Kartoffelpuffer und schob ihn in die Mikrowelle.

Wer Großmutters angebrannte Selfmade-Version kosten möchte, bitte vortreten, sagte er und zeigte die schwarze Unterseite seines Puffers vor. Niemand ging hin.

Die anderen bitte hierher, sagte er dann. Sofort bildete sich eine Schlange.

Nachschub, rief er laut, Minimum sechzig, eher siebzig.

Timon Abramowski liebte den Moment, wenn das Telefon klingelte und das Zeug, das sie kochten, noch nicht angebrannt roch.

Pola behielt die ganze Zeit die Arbeitsplatte im Blick, auf der der Hygienemann alle Zutaten einfach stehen gelassen hatte.

Was passiert eigentlich damit, sagte sie schließlich und zeigte mit dem Kinn nach vorn.

Keine Ahnung, sagte Abramowski.

Vierzehn Kilo Lebensmittel, sagte Pola. Und nachher noch die Zutaten für die Linsensuppe. Weißt du, was da alles reinkommt?

Er schüttelte den Kopf.

Hier jedenfalls, sagte sie nachdenklich, habt ihr keine Verwendung für all die Sachen.

*

Jule Tenbrock kam später als sonst nach Hause. Franz Mering hatte ein Meeting angesetzt, weil die Stiftung eine Zusammenlegung der Wäscherei- und Gebäudereinigungsdienstleister angekündigt hatte.

Sie wissen, was das heißt, hatte Mering gesagt und aus dem Stiftungsschreiben vorgelesen: Facility Management und Consulting, Ressourceneffektivität, Analyse, Dokumentation und Optimierung aller relevanten Vorgänge rund um die Immobilien, enge Kooperation mit der Liegenschaftsabteilung, Bedarfsermittlung, Planungskonzepte, Bewirtschaftung, intelligente Lösungen, erweiterte Produktpalette.

Jule Tenbrock hatte nicht genau gewusst, was das hieß, ihr schwirrte der Kopf von all den Stiftungswörtern und den dazugehörigen Vorgängen, unter denen sie sich nichts vorstellen konnte, rein gar nichts.

Demnächst hängen sie uns noch den Gartenbau an, hatte Mering zuletzt gebrummt. Er hatte müde ausgesehen.

Jule wusste auch nicht, warum, aber wenn sie ihren Chef in letzter Zeit sah, musste sie an den Schlittenhund Balto denken, der eine Stadt in Alaska vor der Diphtherie gerettet hatte, und an den Zoo, in den Balto zuletzt gekommen war.

Jetzt machen Sie sich mal keine Gedanken, hatte Mering gesagt, als er das Schreiben wieder zusammengefaltet hatte. Das klingt immer komplizierter, als es ist. Am Ende läuft es darauf hinaus, dass wir die Reinigungstrupps zugewiesen bekommen, die Hausdienste wahrscheinlich auch, ansonsten bleibt alles beim Alten.

Im Treppenhaus hörte Jule, dass Abramowski einen Film laufen hatte, was in letzter Zeit selten vorkam. Pathetische Musik, ein Riesenorchester, voll aufgedreht. Gleich knallt es, dachte Jule. Dann kam die Explosion; Jule kannte den Film vom Hören. Eine Explosion am Anfang und eine zum Schluss. Nach der zweiten war er zu Ende.

Und dann sah sie, dass etwas vor ihrer Wohnungstür lag.

Sie bückte sich und hob es auf.

Jule Tenbrock hatte eine Schwäche für schöne Dinge, und dies hier war schöner als alles, was sie in den Vitrinen der Stiftung oder auf Kanal 7 jemals gesehen hatte.

Es war ein weißer Teller mit einem feinen blauen Rand, der aus lauter winzigen Muscheln gebildet wurde. An vier Stellen lief die Muschelkette geometrisch in kleine Dreiecke aus. Der Teller war unerhört elegant und sehr edel, und als Jule ihn in der Hand hielt, wusste sie, dass dies hier keine Luminose war und ganz und gar nicht unzerbrechlich. Dies hier war äußerst zerbrechlich. Es war Porzellan. Sehr altes Porzellan, wie es im siebten Distrikt mit Sicherheit nicht erhältlich war, nicht für alle Punkte der Welt.

Jule drehte den Teller vorsichtig um und sah auf der Unterseite einen Stempel mit einer grünlichen Krone. Um die Krone herum entzifferte sie: Royal Copenhagen, darunter »Denmark«. Handpainted since 1775. Darunter drei blaue Wellen.

*

Die Wildschweine sind nicht das Problem, hatte Pola Timon gesagt, bevor sie durch den Zaun geklettert waren, Wildschweine gehen dir normalerweise aus dem Weg. Das Problem sind die streunenden Hunde. Die können wirklich gefährlich werden.

Nein, nicht die Leptospirose, hatte sie dann gesagt, als sie seinen unruhigen Blick gesehen hatte. Bloß der Hunger.

Abramowski hatte keine Ahnung, was ihn erwarten würde.

Ein paar Tage lang war der Himmel bedeckt gewesen, aber dann kam eine wunderbare Vollmondnacht, in der sie es wagen konnten.

Zsazsa fand die undichte Stelle im Zaun sofort.

Pola war froh, dass Timon mitkommen wollte. Um keinen Preis der Welt hätte sie sich noch einmal allein durch den Wald getraut. Nicht dass sie unbedingt glaubte, der Mann mit der Ratte wäre gefährlich gewesen.

Pola und Timon hatten ein paar Kostbarkeiten im Rucksack, die sie aus den Abfällen des Oktoberfests gerettet hatten, das Salz, das draußen immer knapp war, eine ganze Menge Mehl, eine Tüte mit Linsen, und Timon hatte eine Menge seiner Punkte geopfert, um Kaffeepulver zu besorgen. Bei Pola auf dem Dachboden im Distrikt lagerten die Kartoffeln und Äpfel, die Zwiebeln sowie die restlichen Linsen mitsamt ein paar Lauchstangen, den Karotten und dem Rauchfleisch. Die Mettwürste hingen an einer Wäscheleine.

Wenn ich das sehe, fange ich an zu träumen, sagte Timon, wenn er hochkam und die Vorräte betrachtete.

Ich weiß ja nicht, wovon du träumst, sagte Pola, aber Kochplatten gibt es da draußen in rauen Mengen. Damit kann keiner was anfangen.

Es macht Spaß, zu Hause zu essen, sagte Timon.

Jetzt waren sie auf der Leuna-Allee. Der Asphalt hatte unangenehm tiefe Risse, und überall wuchs das Unkraut. Man musste aufpassen, dass man nicht stolperte oder mit dem Fuß in irgendeiner Schlingpflanze hängen blieb.

Zsazsa lief im Zickzack und schwanzwedelnd vorne her, sie schnupperte rechts und links die Straßenränder entlang, und Pola erklärte Timon mithilfe des Himmels den Weg, den sie vor sich hatten. Im Mondlicht glänzten die zerfallenen Gebäude fahl und silbrig vor sich hin, als wären sie romantische Ruinen.

Sieht irgendwie gespenstisch aus, sagte Timon. Aber auch sehr schön.

Und du bist die Herrin der toten Stadt.

Wohl kaum, sagte Pola.

Während sie weitergingen, erzählte Timon, dass das der deutsche Titel eines uralten Films sei, den er in Hainegg manchmal in seinem Kino vorgeführt habe. Eigentlich hieß der Film »Yellow Sky«, sagte er, »Herrin der toten Stadt« fand ich dämlich, aber hier und jetzt passt er.

Toller Film, erzählte er, allein schon der Anfang. Einfach gekonnt. William Wellman.

Auf der einen Seite ist das Gebirge, sagte er und machte eine weite Geste nach Westen, auf der anderen Seite die Salzwüste, die nicht einmal eine Klapperschlange zu durchqueren vermag, und an der dritten Seite liegt das Indianergebiet. Wir sind sieben Outlaws und planen einen Banküberfall in einer kleinen Stadt.

Du nicht, sagte er, du bist die Herrin der Geisterstadt. Du heißt Mike und lebst allein mit deinem Großvater in der verlassenen Goldgräberstadt hinter der Wüste, die wir schließlich auf der Flucht vor den Soldaten halb tot und verdurstet gerade noch so erreichen. Du weißt, wo es Wasser gibt. Und du verdrehst allen Männern den Kopf.

Pola war verlegen. Sie sagte, dort ist kein Gebirge,

sondern eine stillgelegte Fabrik, Chemie, Lacke, Farben, mit der Arbeitersiedlung am Tor A. Die Salzwüste im Osten ist der Wald, da müssen wir leider demnächst durch, mitsamt den Klapperschlangen, weil vor uns im Indianergebiet der Fluss liegt, und an dieser Stelle würde ich der Brücke nicht trauen. Schau dir bloß den Asphalt hier an. Der beste Weg führt durch den Wald.

Die Wüste muss man hinter sich bringen, sagte Timon, dazu ist sie da. Das sagt Gregory Peck, als die Soldaten hinter ihnen her sind und sie wegen des Banküberfalls verfolgen, und da bleibt ihnen gar nichts anderes übrig, sie müssen durch die Wüste.

Ja, sagte Pola, die Wüste muss man wohl hinter sich bringen. Hinter dem Wald kommen die Gleise, dahinter liegen die Villen. Ist aber noch sehr weit bis dahin.

An der Abbiegung blieb Zsazsa stehen und sah sich nach Pola und Timon um. Sie war jetzt eingeschüchtert, wedelte nicht mehr mit dem Schwanz, sondern hatte ihn zwischen die Beine geklemmt und schnüffelte äußerst wachsam, die Nase nah am Boden. Als Pola und Timon den Wald erreichten, setzte sie sich hin, reckte den Kopf zum Mond und fing durchdringend an zu heulen.

So sind sie, sagte Timon. Ein paar Jahrhunderte denkst du, sie sind ganz zahm, aber irgendwo in ihnen drinnen schlummert die ganze Zeit ein Wolf.

Aus der Ferne heulte ein Hund zurück.

Pola bekam eine Gänsehaut wegen des Mannes, dem sie damals auf dem Weg durch den Wald begegnet waren, in dem sie sich verirrt hatten. Er war ihr unheimlich gewesen mit dieser Ratte, die er auf seiner Schulter sitzen hatte und der er verrückte Reden hielt. Zsazsa hatte gewinselt, wie immer, wenn sie sich fürchtet, und Pola hatte gewusst, dass Angst nicht hilft, aber sie hatte den Kopf verloren und war in den Wald gerannt, immer tiefer und tiefer ins Dickicht hinein.

*

Pola stellte mit Erleichterung fest, dass die Villa noch immer mit Brettern vernagelt war.

Am Morgen ging sie zu Isabella und Pinkus hinüber, um den ehemaligen Nachbarn zu sagen, dass sie wieder da war und gleich etwas Krach machen würde. Nicht dass sie einen Schreck bekämen.

Du solltest dich schonen in deinem Zustand, sagte Isabella und zeigte auf Polas Bauch. Pola sagte, so weit sind wir leider noch nicht.

In der Zwischenzeit sah sich Abramowski im Geräteschuppen nach brauchbarem Werkzeug um und sog dabei den Duft von all dem Grün und Gelb und Rot ein, dem bunten Herbstlaub, das er jetzt auch sehen konnte, nachdem die Sonne aufgegangen war, eine bleiche, grelle Sonne an einem kühlen Morgen inmitten eines verwilderten Parks, der die alte vernagelte Villa umgab. Eine Villa mit einem Erker.

Im Geräteschuppen lagen noch, wie Pola sie verlassen hatte, die zwei Matratzen, die sie aufeinandergelegt hatte, und ein Schlafsack, der für die warme

Jahreszeit sicher genügt hatte, aber heute früh fühlte er sich feucht an, weil die Nächte kühler wurden.

Es wurde Zeit, dass sie die Villa aufbrachen.

Pola kam zurück und hatte Isabella und Pinkus dabei.

Zsazsa knurrte, als sie den Nachbarn sah, aber Pola sagte, na komm, meine Kleine, das ist Pinkus, den kennen wir gut, und nach einer Weile beruhigte der Hund sich wieder.

Dann wollen wir den Kasten also mal knacken, sagte Pinkus, als er Abramowski die Hand gab; in der anderen hatte er einen Werkzeugkasten, und Isabella hielt zwei Brecheisen hoch.

An der alten Villa war wilder Wein hochgeklettert bis zum Dach, im Park standen Kastanien, ein mächtiger Walnussbaum, eine Buche und zwei Akazien, im Hintergrund wuchs ein gewaltiges Rhododendronmassiv vor ein paar dunklen Tannen, und auf dem früheren Rasen waren junge Bäume entstanden, kleine Birken und Pappeln; überall wucherten Gräser, Rispen, Löwenzahn, unter einer Magnolie leuchtete hellgrüner Farn, an den Parkmauern zogen sich wilde Brombeeren und Efeu empor, und während Pola und die Nachbarn Brett für Brett von den Türen und Fenstern entfernten, ohne auf die Pracht zu achten, die sie umgab, konnte Abramowski nicht genug davon bekommen.

Gegen Mittag war das Haus bretterfrei.

Also dann jetzt mal entern, sagte Pinkus und öffnete mit dem Brecheisen die Tür in eine untergegangene Zeit.

Er stieß einen Pfiff aus. Die haben es sich offenbar gut gehen lassen, sagte er.

Neben dem großen Eingangsbereich konnte man durch eine matte Glasscheibe ein leeres türkisfarbenes Becken sehen.

Traumhaus mit Pool, sagte Pinkus.

Bei uns sah es damals nicht anders aus, wenn du dich erinnerst, sagte Isabella. Am Anfang. Nur mit Sauna statt Pool.

Die Fensterscheiben waren fast alle blind, aber es fiel milchiges Licht hindurch.

Das kriegst du mit Brennesseln sauber, sagte Isabella, als sie sah, wie Pola mit dem Finger über eine Scheibe fuhr.

Habe ich aber nicht vor, sagte Pola, hier die Fenster zu putzen.

Und sie begann gleich im riesigen Flur noch mit ihrer Suche, zog Schubläden auf, öffnete Schränke und schaute in alle Ecken. Abramowski war in den Wohnraum vorausgegangen und rief, die hatten hier drin ein Heimkino und eine Bibliothek, stellt euch das vor. Jede Menge Bücher und Filme.

Jede Menge Elektroleichen, sagte Pinkus, als sie die Küche durchforsteten. Überall dasselbe.

Er beförderte aus den Tiefen der Küchenschränke Mengen nutzloser Apparate auf die Anrichte. Joghurtbereiter, sagte er, elektrischer Allesschneider, hatten wir früher auch, automatische Espressomaschine, Entsafter, Mixer, Toaster, Eierkocher, Fritteuse. Was die Familie Aufsichtsrat im letzten Jahrhundert so brauchte.

Dann zog er ein großes Gerät mit halbrundem Deckelaufsatz aus einem Küchenunterschrank, klappte den Deckel hoch und sagte, keine Ahnung, was das hier ist. Da oben kannst du was reinfüllen, aber dann weiß ich auch nicht, wie weiter.

Abramowski lachte und sagte, das hatten wir früher im »Capitol«.

Und was soll das sein, sagte Pinkus.

Oben hast du getrocknete Maiskörner reingetan, sagte Abramowski, dann hast du auf den Knopf gedrückt, und drei Minuten später hattest du Popcorn.

Stimmt, sagte Isabella, ich erinnere mich.

Oben tust du das Wasser rein, sagte sie später, als Abramowski und Pola mit ihnen hinübergegangen waren, um eine Kleinigkeit zu essen.

Und zwanzig Minuten später kommt es unten wieder raus und ist gefiltert. Alles kein Geheimnis. Stoff, Sand, Papier und Watte. Lagenweise Holzkohle dazwischen, alle paar Wochen erneuern.

Man gewöhnt sich daran, sagte sie, als sie Abramowskis skeptischen Blick sah.

Abramowski packte das Kaffeepulver aus, das sie aus dem Distrikt mitgebracht hatten, und sagte, vielen Dank auch für eure Hilfe.

*

Hier draußen war Abramowski selig. Alles verdrehte ihm den Kopf. Pola, der herbstliche Duft, der verwilderte Park, selbst die verwunschenen Vorstädte, in denen sie Holz hackten, Kräutertees brauten, ihre Versammlungen bei Regen im alten Güterbahnhof abhielten, um ihre Versorgungseinsätze in die Stadt zu besprechen: Wer geht zum Martinsfest in den elften Distrikt an die Container, ist das wirklich nötig, Gänse haben wir selber, aber natürlich muss jemand zum Martinsfest, oder wollen wir uns wieder um Salz und Zucker prügeln; das hatten wir schon.

Isabella, das wurde schnell klar, hätte es lieber gesehen, wenn Pola in ihrer Nähe geblieben wäre.

Fläzen sich da auf Sitzen herum, die sie aus Schrottautos rausmontiert haben, sagte Isabella. Männer ohne Frauen. Jungs. Als ob es keine Stühle gäbe.

Mit ein paar mehr Frauen hier in der Gegend würde es leichter, gegen die Cowboys anzukommen, sagte sie.

Pola schwieg und packte weiter in ihren Rucksack, was sie gebrauchen konnte, und jeder Gegenstand, den sie in ihrem Rucksack verschwinden ließ, machte sie zuversichtlicher, strahlender, schöner:

Wer sagt's denn! Und sie hielt Timon kämpferisch ein Verlängerungskabel hin, bevor sie es einpackte, einen Handbohrer, eine Nachttischlampe, Glühbirnen, Messer, Pfannen, Brettchen, eine Heizdecke, ein Nudelholz, sie glühte förmlich vor Zuversicht, und als sie bei ihrem dritten Ausflug in die tote Vorstadt eine nagelneue elektrische Kochplatte mit zwei Feldern im Keller ihrer Villa fand, war sie überglücklich und klatschte in die Hände wie ein Kind.

Originalverpackt, sagte sie immer wieder.

Abramowski liebte es, mit Zsazsa durch die Gegend zu streifen, durch die überwucherten Gärten und Parks, er beobachtete Drosseln, Stare und Meisen, wie sie sich gründlich über Beeren hermachten, über Hagebutten und Pfaffenhutfrüchte, wie sie unter den Bäumen nach Samen und Käfern pickten, er hörte oben in den Baumkronen riesige Elstern krächzen, und Zsazsa machte Jagd auf die wilden Katzen, die zwischen den Häusern durchs Gras schlichen, um eine Drossel, einen Star, eine Meise zu erwischen, aber niemals machte sie Beute.

Abramowski allerdings machte Beute.

Bist du mit dem Nussbaum fertig, fragte Pola, hast du bei den Gleisen nachgeschaut, ob der Rosenkohl noch steht? Und wenn ich mich richtig erinnere, wachsen in der Mendelssohnstraße Birnen und Mirabellen.

Timon sagte, Pinkus hat mich vor der Mendelssohnstraße gewarnt, da soll sich ein Irrer herumtreiben.

Hier treiben sich überall Irre rum, sagte Pola, was glaubst du, warum ich hier weg bin.

Dann lachte sie und sagte fröhlich, aber jetzt bist du ja da.

Sie war ungeheuer jung und energisch, und Timon war sicher, es war ihre Schwangerschaft, es war das Kind, das sie so energisch machte, ein Kind, das offenbar keinen Vater hatte, jedenfalls sprach sie niemals davon, sondern sah nach vorn in eine Zukunft, in der sie nicht nur für Zsazsa, sondern auch für ihr Kind sorgen würde. Um keinen Preis der Welt würde

Pola ihren Hund und ihr Kind der Stiftung überlassen.

Es war sonderbar neu und zugleich vertraut für Timon, hier draußen zu sein und für alles sorgen zu müssen.

Sie blieben meistens zwei, drei Tage in der Villa, weil der Weg durch den Wald beschwerlich war. Eines Abends, als Pola im Kamin das Feuer anmachte, erwähnte sie beiläufig, dass es im Berlenbach Forellen und Schleien gebe.

Forellen wohl kaum, sagte Abramowski, meines Wissens sind Forellen seit Jahren ausgestorben.

So was, sagte Pola. Wieso gibt es sie dann im Berlenbach.

Seit der Dactylogyrus-Epidemie, kannst du dich nicht erinnern, sagte Timon, das große Fischsterben damals.

Papperlapapp, sagte Pola. Hat meine Großmutter immer gesagt.

Im ersten Stockwerk lagen mehrere Schlafzimmer und Bäder, und von da führte noch eine Treppe hoch in eine Mansarde, die offenbar als Büro gedient hatte, allerdings war der schwarze Ledersessel fleckig, der Teppich vergammelt, und die Decke war nass, stellenweise sehr nass.

Was für eine Schlamperei, sagte Abramowski laut, als er die nasse Stelle sah, so ein Dachschaden gehört vor dem Winter noch repariert.

Und plötzlich war er wieder in Hainegg.

Morgen regnet's, hatte er die Stimme seiner Mutter im Ohr, und der Dachschaden ist immer noch nicht repariert. Sein Vater und er waren dann zum Baumarkt gefahren und anschließend noch vor dem Regen aufs Dach geklettert, hatten die kaputten Ziegel herausgenommen und durch die neuen ersetzt. Von unten hatte Timons Mutter hochgeschaut und gerufen, nicht dass einer mir runterfällt.

Nach jedem Ausflug in die Vorstädte wuchs Polas Nest, und jedes Mal wenn sie und Timon ihre Rucksäcke ausgeleert und ihre Vorstadtbeute einsortiert hatten, fiel Pola ein, was sie noch brauchen würde.

Und Abramowski fiel seine Liste ein. TEN-BROCK stand ganz oben in großen Lettern.

*

Sechs Tage lang stellte jemand einen Teller mit blauem Muschelrand vor Jule Tenbrocks Wohnungstür, Royal Copenhagen. Fünfmal fand sie ihn abends beim Heimkommen, beim sechsten Mal war es an einem Montag. Jemand hatte nicht nur den Wochencode für den Hauseingang, sondern wusste auch genau, dass Jule am Sonntag das Haus nicht verlassen hatte.

Damit war ihr endgültig klar, was sie die ganze Zeit schon geahnt hatte und bis zu diesem Montag nur nicht wahrhaben wollte. Es musste ihr Nachbar sein, vielmehr mussten es alle beide sein, der Mann und die Frau mit dem Hund, die über ihr auf dem Dachboden lebte.

Eigentlich wusste sie es seit »Unser Tanz fürs Oktoberfest«. Seitdem hatte sie es noch ein paar Tage lang trippeln gehört, dann hörte das auf, stattdessen kam manchmal von oben das leise Geräusch zu ihr durch, wenn der Hund wuff machte. Nie bellte er, aber manchmal quietschte er nachts im Schlaf.

Vor allem aber hörte sie es oft klappern, manchmal wurde etwas über den Boden geschoben, gezogen, geschleift oder plötzlich aufgesetzt, einmal fiel ihnen etwas runter, irgendein Gegenstand aus Metall, und es kam vor, dass sie alle Vorsicht vergaßen und kurz einmal kicherten oder lachten.

Eine Weile fand Jule es merkwürdig, dass es im Treppenhaus nicht nach dem Hund roch, aber dann dachte sie, dass sie sich wahrscheinlich an den Geruch des Hundes längst gewöhnt hatte.

Geruchsgewöhnung ist eine Tücke bei der Hygieneausübung, darauf hatte Clemens in seinem Seminar hingewiesen und gesagt, dass man sich leider auch an unangenehme Gerüche gewöhnen könne, zum Beispiel an den Eigengeruch nach einer sportlichen Betätigung.

Wem die Körperpflege nicht zum Reflex geworden ist, hatte er gesagt, der wird schnell einsam.

In der Wäscherei wurde wegen der Geruchsgewöhnung im Zweiwochenturnus die Duftspülung gewechselt, also vermutete Jule, dass die vergangenen zwei Wochen ausgereicht hatten, um ihre Nase an den Hundegeruch zu gewöhnen.

Als sie am Montagmorgen den sechsten Teller fand, hatte sie kurz den Impuls, einfach bei Abramowski zu klingeln und ihn zur Rede zu stellen, aber etwas hielt sie davon ab.

Sie dachte an »Cosy Home« und das Luminose-Service mit dem Klatschmohndekor und überlegte, ob das königlich dänische Porzellan womöglich auch zu einem 24-teiligen Service gehörte. In diesem Fall wäre das heute der letzte Speiseteller gewesen, ab morgen würde sie vor ihrer Tür Abend für Abend einen Suppenteller, eine Tasse oder eine Untertasse finden. Handpainted since 1775. Vielleicht gehörten auch noch andere Teile zu dem Service, eine Kaffee-kanne, eine Zuckerdose vielleicht.

Jule Tenbrock beschloss, dass sie keine Lust hatte, sich in anderer Leute Leben einzumischen.

An diesem Montag ging sie in die Hall of Sports und meldete sich zum Rock-'n'-Roll-Kurs an. Den Termin fürs Body Sugaring und einen für den Fri-seur sagte sie ab. Die Punkte dafür könnte sie gut fürs Tanzen brauchen.

Als sie am späten Nachmittag beschwingt nach Hause kam, stand ein Suppenteller vor ihrer Tür.

*

Hat der auch einen Namen, der Irre, hatte Timon Abramowski gefragt, bevor er in die Mendelssohn-straße gegangen war, um dort Birnen zu ernten.

Keine Ahnung, hatte Pinkus gesagt, der spricht nicht mit jedem. Nur mit seiner Tusnelda.

Und wer ist diese Tusnelda, hatte Abramowski ge-fragt.

119

Seine Ratte, hatte Pinkus gesagt. Trägt er überall mit sich rum. Sitzt ihm die ganze Zeit auf der Schulter. Wahrscheinlich ist er harmlos, aber man weiß es nicht so genau.

Und wo wohnt er, hatte Abramowski gefragt.

Der wohnt nicht, der streunt durch die Gegend und hält wirre Reden.

Zwi Benda, hatte Abramowski gedacht. Der kleine Zwi Benda aus Hainegg, hochbegabt und exzentrisch und jetzt offenbar endgültig durchgeknallt.

In der Mendelssohnstraße gab es mehrere Birnbäume. Die Früchte waren allesamt wurmstichig oder von Vögeln angefressen, und so sammelte Timon halbherzig ein paar überreife Mirabellen unter einem verwilderten Baum auf, sie waren schon etwas matschig, aber Pola würden sie trotzdem eine Freude machen.

Tatsächlich wartete er auf Zwi.

Zsazsa bemerkte ihn zuerst. Sie schnupperte aufgeregt in die Richtung, aus der er kam, wedelte nervös mit dem Schwanz, richtete sich dann auf und stellte über den ganzen Rücken ihr Fell auf.

Dann hörte Timon Abramowski Bruchstücke, Satzfetzen, einen seltsamen Singsang, eine Litanei und sah den Mann in einem schmutzigen schwarzen Mantel:

… klagen um die Äcker, hörte er, ja um die lieblichen Äcker, um die fruchtbaren Weinstöcke, wuchern auf dem Acker meines Volkes Dornen und Hecken, dazu über allen Häusern der Freude in der fröhlichen Stadt.

Was sage ich da, Tusnelda, so eine fröhliche Stadt, einfach überwuchert, die Paläste sind verlassen, und die Stadt, die voll Getümmel war, ist einsam, die Türme und Häuser ewige Höhlen und dem Wild zur Freude, vielmehr zum Fraß, den Herden zur Weide. Wird langsam Zeit, sagte Zwi, dass über uns ausgegossen wird der Geist aus der Höhe, dass allmählich mal wieder diese Wüste zu Acker wird und der Acker wie ein Wald geachtet. Der Acker wie der Wald, was meinst du, meine Kleine. Achtung. Respekt.

Zwi Benda machte eine Pause. Er hatte Timon Abramowski gesehen.

Und das Recht wird in der Wüste wohnen, sagte er, jetzt nicht mehr in dem eigenartig getragenen Ton seiner vorherigen Litanei und nicht mehr zu der Ratte auf seiner Schulter, sondern er spulte den Satz automatisch ab, als wolle er nur noch rasch und mechanisch einen Gedanken zu Ende bringen, den er längst kannte, dabei hob er einen Arm und eilte winkend auf Timon zu.

Und Gerechtigkeit auf dem Acker hausen, sagte er noch abschließend an seine Schulter hin und dann zu Abramowski: Auch du auf dem Berge Karmel. Willkommen auf dem Berg Karmel, mein alter Freund.

Zsazsa wich ängstlich bis an den Mirabellenbaum zurück, als der Mann näher kam. Abramowski sah, wie sie mit dem Hinterteil Moos von der Borke schabte, aber sie knurrte nicht.

*

Es war Timons Idee gewesen, Jule Tenbrock mit Porzellan zu bestechen, es war auch Timons Idee, Regine Novak einzuladen, die im elften Distrikt gewohnt hatte, als ihr Kind noch klein war. Regine hatte beim Hausarzt von Timons Eltern gearbeitet und war jetzt im Klinik-Distrikt beschäftigt. Vielleicht könnte sie Pola einen Rat geben und gemeinsam mit ihnen überlegen, wie es weiterginge. Vielleicht könnte Pola in einem Krankenhaus entbinden.

Ich kann das Kind nicht hier draußen kriegen, hatte sie gesagt, als Isabella wieder einmal davon gesprochen hatte, dass es mit ein paar Frauen in der Gegend leichter sei, weil man bei Männern ohne Frauen nie wissen könne.

Inzwischen hatten Pola und Timon mit dem Handbohrer zweimal in Balken gebohrt, aber dann schließlich beim dritten Versuch endlich eine Öffnung in Timons Badezimmer zustande gebracht.

Bevor sie die Verlängerungsschnur zu Pola auf den Dachboden gelegt hatten, war Pola noch einmal besorgt gewesen.

Merkt denn niemand am Stromverbrauch, dass da jetzt mehr dranhängt als die Konsole, die Mikrowelle und dein Rasierer, hatte sie gefragt, aber Timon hatte abgewinkt.

Siehst du hier irgendwo einen Stromzähler, hatte er gesagt.

Pola hatte gesagt, nein, aber.

Oder kannst du in der Meile auch nur ein einziges Elektrogerät bekommen? Nicht mal für fünftausend Punkte. Glaub mir, das braucht hier keiner.

Ich schon, hatte Pola gesagt.

Sie hatten die Öffnung gebohrt, die Verlängerungsschnur nach oben gelegt, Pola hatte Licht, sie hatte ein paar Bücher aus der Villa mitgenommen, und beim nächsten Fest im Distrikt würde es wieder eine »Cooking Corner« geben, in der ein Hygienebeauftragter Essen anbrennen lassen und gruselige Geschichten über die Unfallgefahr und die mangelnde Lebensmittelsicherheit in den gefährlichen alten Zeiten erzählen würde.

Abramowski war gespannt, was beim nächsten Fest anbrennen würde. Pola hatte eine Kochplatte.

Nach dem Essen trugen sie die Pfanne oder den Topf, das Besteck und die schönen Teller mit dem Muschelmuster zu Timon hinunter und erledigten, so leise sie konnten, den Abwasch.

Das Leben im siebten Distrikt war sonderbar, fand Pola. Niemand zählte den Strom, niemand kümmerte sich darum, dass bei Abramowski neuerdings Wasser für zwei verbraucht wurde.

Siehst du hier eine Wasseruhr, hatte Abramowski gesagt, als Pola beunruhigt gewesen war.

Manchmal überlegte sie, wie sie das Leben im siebten Distrikt gefunden hätte, wenn sie eine dieser Di-Karten gehabt hätte. Vielleicht hätte sie sich daran gewöhnt. Vielleicht hätte sie es sogar gemocht.

Vielleicht, sagte sie sich, war es begreiflich, dass die Leute zufrieden waren, weil sie sich jetzt um gar nichts mehr sorgen mussten. Die Welt war jahrelang im Schockzustand gewesen.

Als Pola noch ein Kind gewesen war und es noch staatliches Fernsehen gegeben hatte, hatte ihre Großmutter abends die Nachrichten angestellt, und Pola erinnerte sich noch daran, es waren grässliche Bilder gewesen.

So muss Krieg sein, hatte sie oft gesagt, aber Matilde hatte nur den Kopf geschüttelt. Krieg ist immer gegen die anderen, hatte sie gesagt, aber das hier, das geht gegen die eigenen Leute. Polas Großeltern waren aus Portugal weggegangen, als es dort anfing, gegen die eigenen Leute zu gehen, sie waren in die Bergarbeitersiedlung in Klein-Camen gezogen, in der auf der einen Seite der Straße die polnischen Arbeiter mit ihren Familien wohnten und auf der anderen Seite die Portugiesen, Matilde hatte einen Nussbaum gepflanzt. Sie sagte nie »Nussbaum« zu diesem Nussbaum, aber sehr oft sagte sie, wo meine Nogueira wächst, bin ich daheim. Polas Eltern waren weggegangen, als es in Klein-Camen anfing, gegen die eigenen Leute zu gehen.

Sie haben dich immer lieb, hatte Matilde gesagt, als Pola anfangs vor dem Einschlafen oft geweint hatte, weil ihre Eltern sie im Stich gelassen hatten.

Sie denken jeden Tag an dich.

Und wenn Pola sagte, so muss Krieg sein, sagte Matilde, das ist die Armut, der Hunger, und denk daran, dass es für deine Eltern bitter ist, ohne ihr Mädchen leben zu müssen, glaub mir, sie wären lieber zu Hause und würden sich freuen, wie ihre kleine Nogueira gewachsen ist, wie groß sie schon ist.

Manchmal holte sie die Postkarten, die Polas Eltern ein paar Jahre lang geschrieben hatten, bis die Post in Klein-Camen dicht gemacht worden war, und die Postkarten lenkten Pola von den Bildern im Fernsehen ab, den Aufständen, den Straßenkämpfen, der Armee, die gegen die Menschen vorging, gegen Menschen, die in Pappkartons übernachteten und nichts zu essen hatten.

So gesehen, war es sicher begreiflich, dass sich die Leute mit ihren Di-Karten hier im siebten Distrikt gut aufgehoben fühlten, es war ein ruhiges und friedvolles Leben.

Vielleicht, dachte Pola manchmal, hätte sie so ein Leben gemocht, wenn sie sich rechtzeitig hätte registrieren lassen und jetzt eine Di-Card hätte. Aber sie konnte es nicht wissen, weil sie ja keine Di-Card und daher trotz ihrer Kochplatte und der Heizdecke eine gewaltige Menge Sorgen hatte.

*

Jule Tenbrock verspürte nicht die geringste Lust, sich in anderer Leute Leben zu mischen, aber es kam der Abend, an dem sie sich dazu entschloss. Sie tat das nicht gern, aber sie hatte das Gefühl, sich dazu entschließen zu müssen.

Sie hatte bereits drei königlich-dänische Suppenteller in ihrer Vitrine und hätte gern abgewartet, wie die Porzellanlieferung weitergehen würde, aber wenn sie jetzt nicht intervenierte, würde diese Lieferung in Gefahr geraten, denn in Gefahr wäre vor allem die Frau mit dem Hund, die über ihr wohnte.

125

Jule hatte sich einen Blaubeersaft angerührt, eine Origami-Box vom Chinesen in der Meile gegönnt und »Feeling alive« angestellt. Die Sendung wurde von Mal zu Mal schlechter, stellte sie fest. Die aufwendig gemachten Berichte von Fallschirmsprüngen und -kunststücken, von Climbing- und Bungeerekorden wurden allmählich von einem lahmen Gesundheitsformat verdrängt.

Und nun, liebe Zuschauer, kommen wir zu unserem Staying-alive-Service, sagte die Moderatorin schon fünf Minuten nach Beginn der Show. Früher war der Staying-alive-Service kurz vor Schluss gekommen, und Jule hatte brav die Gymnastik vor dem Bildschirm mitgemacht, aber wenn das jetzt das Einzige war, was sie in »Feeling alive« noch brachten, würde sie der Show demnächst per Fernbedienung die Quote drücken, anstatt auf Kommando fast eine halbe Stunde vor der Konsole herumzuturnen.

In der Wäscherei herrschte gedrückte Stimmung, weil Franz Mering wieder ein Schreiben von der Stiftung bekommen hatte.

Diesmal hatte es kein Meeting gegeben.

Ist was, Chef, hatte Yvi Schallermann gefragt, als Mering, die Hände auf dem Rücken gefaltet, im Sturmschritt in ihr Büro gekommen war.

Was soll sein, hatte Mering gesagt.

Im Büro war er einige Male auf und ab gelaufen und wollte dann ohne ein Wort wieder hinausstürmen.

Plötzlich drehte er sich um und sagte, also gut, wenn Sie's genau wissen wollen: Erst drücken sie mir die Gebäudereinigung auf, demnächst wahrscheinlich den Gartenbau, aber das jetzt geht zu weit.

Weder Yvi noch Jule hatten gefragt, was jetzt zu weit ginge.

Mering hatte eine Pause gemacht, und dann war es aus ihm herausgeplatzt. Mit mir nicht, hatte er gesagt, ich bin Chemiker. Ich war schon Chemiker, bevor die Stiftung ihre Labore da draußen hatte. Und so viel ist mal sicher: Mit Pheromonen spielt man nicht.

Ist ja gut, Chef, hatte Yvi gesagt, als sie sah, dass Mering vor Zorn im Gesicht bläulich anlief.

Oh nein, sagte er. Nichts ist gut. Ich weiß doch, was die in ihren Laboren so treiben. Das können sie denen von der Kosmetik aufdrücken, in ihre Deos und Sonnencremes, meinetwegen in ihr idiotisches Vaporix, aber das machen die nicht mit mir. Nicht in meine Spülung.

Wissen Sie, was das ist, sagte er zu den beiden Frauen, eine Hyposmie, das Kallmann-Syndrom. Nein, das wissen Sie nicht.

Danach hatte er nichts mehr gesagt, sondern war stumm und zornbebend noch zwei Mal im Büro auf- und abgegangen.

Nachdem er draußen und die Tür wieder zu gewesen war, hatte Yvi zu Jule gesagt, so genau wollten wir's nun aber auch wieder nicht wissen.

*

Es war eine Begegnung der dritten Art.

Bist du in Ordnung, hatte Abramowski gesagt,

nachdem Zwi ihn auf dem Berg Karmel begrüßt hatte, und Zwi hatte gegrinst.

Jesaja 32, hatte er gesagt. Acker oder Fruchtgarten, das kannst du lesen, wie du willst.

Du liest die Bibel, hatte Abramowski gesagt, und ihm war kurz eingefallen, dass er bis zum heutigen Tag den Kubrick noch auf dem Stick und nicht ein einziges Mal angeschaut hatte, dabei hatte der Kubrick mit der Bibel nichts zu tun, es war ihm nur eingefallen, weil Kirk Douglas am Schluss gekreuzigt wird. Eine Wahnsinnsszene, dachte er: Kirk Douglas hängt am Kreuz, und Jean Simmons ist auf dem Weg aus der Stadt hinaus, sie kommt an den Kreuzen vorbei und hält das Baby hoch, damit Spartakus seinen Sohn noch einmal sehen kann und weiß, seine Frau und sein Kind sind frei.

Zsazsa war verängstigt und winselte leise. Timon setzte sich neben sie unter den Mirabellenbaum und nahm ihren Kopf in den Arm. Nach einer Weile beruhigte sie sich, streckte sich aus, behielt Zwi aber weiterhin argwöhnisch im Auge.

Nach und nach stellte Abramowski fest, dass Zwi die Bibel nicht nur las, er kannte sie auswendig. Früher hatte er auch schon aus dem Kopf ganze Seiten aufsagen können, Timon erinnerte sich an ein aufgeschlagenes Buch, das Zwi ihm einmal hingehalten und aus dem er ganze Passagen auswendig hatte aufsagen können, aber er erinnerte sich nicht mehr daran, von wem das Buch gewesen war.

Zwis Art, das Gespräch zu führen, kam ihm vor wie eine Aneinanderreihung von Bibelsprüchen, wobei Timon die Bibel zuletzt als Kind in der Hand gehabt hatte, kurz vor der Kommunion, also sprach Zwi für ihn in Rätseln, die er immer mit einer genauen Kapitel- und Versangabe versah.

Wie ist es dir ergangen seit damals, sagte Timon.

Zum Fürchten, sagte Zwi. Lukas 12, Vers 5.

Kannst du das etwas genauer erklären?

Zum Fürchten sind die, die nicht nur töten, sondern die Macht haben, einen durch die Hölle zu schicken.

Exzentrisch und durchgeknallt, dachte Timon und sagte, übertreibst du jetzt nicht. Wenn ich mich richtig erinnere, warst du auf einem Spitzeninternat, nicht bloß auf der Pflichtschule in Hainegg. Und wie ist es weitergegangen?

Was Zwi dann erzählte, vielmehr das, was Abramowski von dem verstand, was der Freund von sich gab und was er hinterher irgendwie sortieren musste, beunruhigte ihn. Wenn er ihn richtig verstand, war Zwi nach der Schule auf eine Universität der Stiftung gekommen, wo sie lernten, wie man in Häusern wohnt, die andere gebaut haben, wie man Wein trinkt, den andere gekeltert haben, wie man Früchte isst, die andere gepflanzt haben, und wie man es anstellt, dass diese anderen ihre Kinder für einen frühen Tod zeugen.

Oder besser gleich gar nicht. Was meinst du, Tusnelda, besser gar nicht, schloss Zwi seinen Monolog und strich seiner Ratte über den Rücken. Das haben wir gründlich gelernt, als es noch sieben Milliarden gab. War ja auch ein Wahnsinn. Achtzig Prozent davon überflüssig. Erinnerst du dich an Pareto?

Timon schüttelte den Kopf und wartete, bis Zwi seiner Rede die Ortsangabe hinzugefügt hatte. Diesmal war es wieder der Prophet Jesaja.

Kapitel 65, merkte sich Timon, die Verszahlen versuchte er gar nicht erst zu behalten, aber er nahm sich vor, in der Villa die Bibliothek durchzugehen. Die meisten Leute, die Bücher gehabt hatten, hatten auch eine Bibel in ihrem Regal, und Timon beschloss, sich das Buch Jesaja anzusehen, falls er eine Bibel finden würde.

Es wurde ihm dann allerdings schnell klar, dass es mit Jesaja nicht getan sein würde.

Zwi behauptete, nach dem Studium in irgendeinem Palastbezirk gelebt und offenbar reichlich gefeiert zu haben.

Im Park fand die Feier statt, sagte er, es war ein echtes Festgelage. Party. Tagelang. Tag und Nacht.

Timon schaute ihn ungläubig an, und darauf wurde Zwi etwas genauer: Du musst dir das so vorstellen, sagte er, dreißig Stockwerke hoch, die Hütte, mitten auf einer Insel. Da kommst du nur per Schiff oder Hubschrauber ran. Ein Landeplatz auf dem Dach, ein zweiter in der Nähe der Golfplätze, etwas entfernt vom Strand. Vom Wasser aus nicht zu sehen. Und eine Pracht, sagte er. Zwischen Alabastersäulen waren weiße und blaue Vorhänge aus kostbaren Stoffen aufgehängt, keine Mikrofaser oder solches Zeug, das war Samt, wenn du mich fragst, befestigt mit weißen und purpurroten Schnüren und silbernen Ringen. Polsterbetten, edelstes Design, mit goldenen und silbernen Füßen, auf dem edlen Fußboden aus verschiedenfarbigen Steinplatten, schon mal was von Quarzit gehört; ansonsten war das im Park der gepflegteste englische Rasen, den du je gesehen hast. Getrunken wurde aus goldenen Bechern, von denen jeder anders war, verstehst du, Einzelanfertigung. Wein gab es massenhaft aus den königlichen Kellern, und du konntest saufen, so viel du nur wolltest.

Timon sagte, was du nicht sagst.

Zwi seufzte und sagte zu seiner Ratte, tja, Tusnelda, das waren die Zeiten am Hofe des persischen Königs.

Was für ein König, sagte Timon und überlegte, ob Zwi vielleicht nicht nur am Hofe seines mysteriösen Königs, sondern hier und jetzt in den verkommenen Vorstädten ein bisschen mehr getrunken hatte, als gut für ihn war.

Zwi seufzte abermals und sagte, Ester 1, der König Xerxes.

Ja dann natürlich, sagte Timon.

Den Quarzit, sagte Zwi, den hatten sie sich aus Griechenland und Brasilien geholt, damals, du weißt schon, dieweil die Ungerechtigkeit überhandnahm und die Liebe in vielen erkaltete.

Diesmal merkte sich Timon Matthäus 24.

Die Säulen, sagte Zwi, waren in Wirklichkeit gar nicht aus Alabaster, das war portugiesischer Marmor. Kostete ja im Ausverkauf seinerzeit nur ein paar Groschen.

Regine Novak arbeitete stundenweise im Klinik-komplex Doktor Riedinger.

Früher mal im Spine-Center, jetzt in der Neuro-otologie, sagte sie, als Timon Abramowski sie am Telefon danach fragte.

Timon sagte nichts. Er überlegte, ob Regine No-vak die richtige Ansprechperson für Pola war, und er-innerte sich an die Schwierigkeiten, die sie anfangs damit gehabt hatte, dass im elften Distrikt die affi-gen Stiftungswörter herrschten. Empowerment und Mußespielräume.

Nach einer kleinen Pause hörte er Regine lachen.

Erst in der Abteilung Wirbelsäule, Bandscheibe, jetzt Hals-Nasen-Ohren, aber weißt du, wir sind eine stiftungsnahe High-Care-Klinik, da drückt man das anders aus.

Nein, sagte sie, Entbindungen machen wir hier schon lange nicht mehr, die Geburtsmedizin spielt im elften Distrikt. Wann soll das Kind denn kom-men.

Im Februar, sagte Abramowski.

Er hörte, wie Regine am anderen Ende der Lei-tung bis neun zählte, dann sagte sie, das wird aller-dings höchste Zeit. Habt ihr den Antrag schon ge-stellt.

Das wird nicht so einfach sein, sagte Abramow-ski, am besten, ich erkläre dir die Lage mal unter vier Augen.

Regine verstand nicht, warum es schwierig sein sollte, einen Antrag zu stellen, neue Wohnung, neue Di-Card, Anmeldung zur pränatalen Diagnose, und die Sache hatte sich, aber Abramowski wollte dazu am Telefon nichts Genaues mehr sagen, sondern bestand auf einem Besuch, und so nahm sich Regine schließlich ein Fahrrad und machte eine längere Tour in den siebten Distrikt.

Regine und Timon hatte sich ein paar Jahre lang nicht gesehen und tranken in Timons Wohnung einen Kaffee.

Hast du inzwischen eine Nachricht von deinen Eltern, fragte Regine.

Abramowski schüttelte den Kopf und sagte, in der Stadt sind sie nicht, ich schätze, sie sind in irgendeiner dieser Seniorenresidenzen auswärts gelandet, aber krieg das mal raus.

Er zeigte Regine die Liste, auf der er sich links die Leute notiert hatte, von denen er einen Rat holen wollte, und sagte, mit denen allen müsste ich eigentlich was besprechen, aber glaubst du, ich kann sie finden.

Du hättest bei der Liegenschaftsabteilung besser nicht aufhören sollen, sagte Regine.

Und jetzt zu deinem Problem.

Timon Abramowski nahm sie am Ellenbogen und ging mit ihr ins Bad. Er zeigte auf die Decke, auf das Loch, das Pola und er mit dem Handbohrer gemacht hatten, die Verlängerungsschnur, und Regine hielt sich erschrocken die Hand vor den Mund.

Wie ist es, hast du Mut, sagte Abramowski, wir sind da oben zum Essen eingeladen.

Du willst nicht sagen, sie kommt von draußen, sagte Regine.

Und nicht nur das, sagte Abramowski, ich war auch schon ein paarmal da. Kannst du dich an Zwi Benda erinnern?

Was ist mit Zwi, sagte Regine, aber Abramowski sagte, das erzähle ich dir später, jetzt lass uns erst mal hochgehen.

Ich glaub, ich spinne, sagte Regine, als sie auf den Dachboden kam und die merkwürdigste Puppenstube betrat, die sie je gesehen hatte.

Zsazsa wollte zur Begrüßung an ihr hochspringen, aber Pola hielt sie zurück und sagte, ohne Regine Novak die Hand zu geben, vielen Dank, dass Sie gekommen sind, es gibt Bratkartoffeln. Timons Lieblingsgericht, der Himmel allein weiß, warum.

*

Diesen eigenartigen Geruch der Zwiebel, der in die Nase und in die Augen steigt, würde Jule Tenbrock nie vergessen, das Scharfe und gleichzeitig Süße, diesen Geruch, von dem man augenblicklich verrückt nach dem Leben wird und im selben Moment auch schon heulen muss. Während sie ihre Staying-alive-Übungen vor dem Bildschirm absolvierte, kroch aus dem Treppenhaus genau dieser Geruch zu ihr in die Wohnung hinein, erst schwach, aber unverkennbar, er wurde rasch stärker, und bald war die ganze Wohnung davon erfüllt.

Zwiebel. Eindeutig roch es nach Zwiebeln.

Das war der Moment, in dem Jule die Show ausstellte, sich anzog und auf den Dachboden ging.

Was sie da eigentlich wollte, wusste sie nicht so genau, aber eines war sicher: Wenn sie die Zwiebel in der Wohnung riechen konnte, konnten die anderen Leute im Haus das mit Sicherheit im Treppenflur auch.

Sie überlegte, ob sie eine Ladung Vaporix versprühen sollte, aber dann dachte sie an den Wutausbruch ihres Chefs heute Mittag, seine böse Bemerkung über die Deos und Sonnencremes. Ihr Vaporix hatte Mering idiotisch genannt, und das andere mit dem Syndrom hatte Jule zwar nicht verstanden, aber es hatte sie nachdenklich gemacht. Also desinfizierte sie nicht, sondern ging einfach hoch.

Und da oben fand sie sich plötzlich in der merkwürdigsten Puppenstube, die sie je gesehen hatte. Jule Tenbrock hatte nicht die geringste Ahnung, wie sie es gemacht hatten, aber da stand eine Art Häuschen unter einer der Dachschrägen, zwei Wände aus Unmengen Angebotsprospekten, kein Wunder, dass im Treppenhaus keine Prospekte mehr gelegen hatten; als Eingang hatten sie eine Wäscheleine gespannt und eine bunte Steppdecke daran gehängt, der Boden war dick mit Prospekten gepolstert, und vor der Hütte lagen, passend zur Steppdecke, ein paar Kissen, darauf saßen Jules Nachbar, die Frau mit dem Hund und jemand, den Jule nicht kannte.

Das Geschirr, das neben der Kochplatte stand, kannte sie allerdings, Royal Copenhagen. Das komplette Service musste weit über vierundzwanzig Teile haben, sie sah Schüsseln, Platten, eine wunderschöne Kaffeekanne mit Zuckerdose und Sahnekännchen, und in einer der Schüsseln lag echtes Besteck. Silber, dachte Jule, das könnte Silber sein. Oder so etwas Ähnliches.

Als Erstes stand der Hund auf, dann sofort auch die Frau. Sie sah sonderbar unförmig aus.

Ist schon gut, Zsazsa, sagte sie, und der Hund setzte sich wieder.

Jule musste zweimal hingucken, bis sie verstand, was mit der Frau los war, aber jetzt, ohne den alten Mantel oder die Jacke im Glockenschnitt, die sie in der Meile angehabt hatte, gab es keinen Zweifel: Die Frau war schwanger.

Jule wurde es schwindlig. Sie hatte keine schwangere Frau mehr gesehen, seit sie aus der Pflichtschule und dem elften Distrikt draußen war.

Natürlich gab es auf den meisten Kanälen den Spot mit der Frau, die erklärte, was man in diesem Fall zu machen hatte und wie man den Antrag ausfüllen musste, damit man eine Wohnung mit Kinderzimmer bekam und möglichst früh schon in die Vorsorge aufgenommen werden konnte.

Geben Sie Ihrem Kind eine Chance, sagte die Frau in dem Spot immer und legte sich dabei die Hand auf den Bauch, und genießen Sie sorglos das einzigartige Wunder der Mutterschaft.

Aber leibhaftig konnte Jule Tenbrock sich an keine schwangere Frau erinnern und fand den Anblick irgendwie peinlich. Irgendwie obszön.

Auf der Kochplatte stand eine Pfanne.

Pola Nogueira, sagte die Frau. Sie erinnern sich sicher.

Tut mir leid, sagte Jule, ich hatte den Namen vergessen.

Sagen Sie Pola, sagte Pola.

Jule fand es merkwürdig, wie erwachsen die junge Frau ihr erschien. Sie war mindestens fünf Jahre jünger als sie selbst.

Weshalb ich eigentlich gekommen bin, sagte sie und fühlte sich unsicher und linkisch, weil sie nicht wusste, wo sie hingucken sollte. Sie konnte Pola ja nicht die ganze Zeit auf den Bauch starren.

Ja, sagte Pola und wartete.

Jule zeigte auf die Pfanne und sagte, das ganze Haus riecht danach.

Gratuliere, sagte die Frau, die Jule nicht kannte.

Das ist eine Freundin von früher, sagte Abramowski, Regine Novak. Kommt aus dem Klinikkomplex Doktor Riedinger.

Da sind Sie ganz schön lang unterwegs gewesen, sagte Jule verlegen. Der Klinik-Distrikt liegt am anderen Ende der Stadt.

Mögen Sie mit uns essen, sagte Abramowski, die Bratkartoffeln dürften gleich fertig sein. Er zeigte auf eines der bunten Kissen auf dem Boden. Jule setzte sich und schaute sich den Angebotsprospekt an, der vor ihren Füßen ausgebreitet war. Holzfällerbox, Andalusischer Sommer, Swinging Hawai, stand da, und die Meeresbrisebox gab es für zwanzig Extrapunkte.

Plötzlich fiel ihr Clemens ein, an den sie seit dem Oktoberfest fast überhaupt nicht mehr gedacht hatte; seit diesem schmierigen Pseudomoderatorenauftritt,

137

Applaus für die tapfere junge Dame, ich glaube, mir ist gerade was angebrannt.

Plötzlich wusste Jule, dass sie die Kartoffelpuffer gern probiert hätte, die Clemens hatte anbrennen lassen wegen dieses dämlichen Telefonats. Natürlich stand das im Drehbuch von »Grandma's Cooking Corner«, dass die Omagerichte anbrennen müssen, aber Jule wusste plötzlich, dass sie es gemocht hätte, wenn Clemens den Mut gehabt hätte, einmal vom Drehbuch abzuweichen; schließlich hatte sie selbst die Zwiebeln geschnitten, wenigstens ihr zuliebe hätte er einen Kartoffelpuffer vor dem Anbrennen retten und ihr zum Kosten geben müssen, und Jule verstand, dass sie ihn deshalb verachtete: weil er zu feige gewesen war, ihr zuliebe einmal etwas nicht genau so zu machen, wie es in seiner Anweisung stand.

Ja gern, sagte sie, ich glaube, ich würde gern ein paar Bratkartoffeln probieren. Der Satz kam mit Sicherheit nicht aus ihrem Kopf, weil ihr Kopf ihr niemals erlaubt hätte, so etwas zu sagen, geschweige denn unter so unhygienischen Umständen zubereitetes Essen überhaupt in ihre Nähe zu lassen, aber dies hier war eindeutig nicht angebrannt, sondern duftete verführerisch, und wenn Clemens ein Kartoffelpufferfeigling gewesen war, dann war Abramowski jetzt ein Bratkartoffelheld. Er hatte einen Schieber aus Holz genommen, damit gab er die duftenden Bratkartoffeln auf die königlichen Teller. In der Pfanne hatten sie unscheinbar ausgesehen, aber sobald sie auf dem schönen Teller lagen, verwandel-

ten sie sich in königlich glänzende, knusprige Bratkartoffeln. Abramowski nahm vier Gabeln aus der
Schüssel, in der das Besteck lag, und sagte, na dann,
guten Appetit.

Der Hund hatte auch Appetit, das konnte man sehen, er schnupperte in Richtung Bratpfanne, blieb
aber in einiger Entfernung still sitzen.

Schwer ist die, sagte Jule, als ihr Nachbar ihr eine
Gabel in die Hand drückte.

Die Bratkartoffeln waren merkwürdig. Erst war
Jule ein bisschen enttäuscht, weil sie längst nicht so
stark schmeckten, wie sie gerochen hatten, aber je
länger sie kaute, desto mehr Geschmack kam dabei
heraus, und desto süßer wurden die Zwiebelstücke.

Schmeckt's, sagte Renate Novak neugierig.

Seltsam, sagte Jule. Nicht ganz so, wie ich dachte,
aber sehr gut.

Gratuliere, sagte Renate zum zweiten Mal.

Wieso, sagte Jule, und Renate lachte.

*

Nach dem Besuch von Regine Novak schwirrte Pola
der Kopf.

Lass nur, ich kann den Abwasch machen, hatte
Timon gesagt, als er sah, wie erschöpft und ratlos sie
war und wie gefangen sie sich auf ihrem Dachboden
fühlte.

Ich komm nachher noch mal hoch, sagte er.

Regine hatte sich aufgeschrieben, was sie im elften Distrikt über die Vorsorge erfahren hatte.

Was bin ich froh, dass ich mein Kind damals noch in Hainegg bekommen habe, hatte sie gesagt, Doktor Pabst, die Hebamme, und das war's.

Dann hatte sie vorgelesen, was Pola bereits versäumt hatte, weil ihre Schwangerschaft nicht betreut worden war.

Nackentransparenzmessung, hörte Pola, Nasenbeinmessung, Fetometrie, Doppel-Sonographie, Triple-Test, Ersttrimester-Screening, hier unterbrach sie Regine: Lassen Sie mir den Zettel einfach da, ich kann mir das doch nicht merken.

Jetzt saß sie auf dem Dachboden und las sich alles durch, was Regine Novak erfahren hatte. Zsazsa hatte den Kopf in ihren Schoß gelegt und schniefte von Zeit zu Zeit durch die Nase.

Vasopressinreduzierung, las Pola, als sie sich bis zur Geburt durch die Fremdwörter durchgekämpft hatte. Oxytocin. Was zum Teufel, soll das sein.

Dann biss sie ihre Zähne aufeinander, schaute auf ihren Bauch hinunter und sagte, komm Kleines, die drei Monate halten wir auch noch durch.

In ihrer Wohnung saß Jule Tenbrock und war verwirrt, weil Regine Novak ihr zu einem intakten Geruchs- und Geschmackssinn gratuliert hatte.

Das ist inzwischen eher eine Seltenheit, hatte sie gesagt, und als Jule sie argwöhnisch angeschaut hatte, hatte sie gesagt, dass die neue Pheromongeneration noch nicht ganz ausgereift war, es käme gelegentlich zu unerwünschten Nebenwirkungen. Eigentlich sehr häufig, hatte sie sich korrigiert, Geruchsillusionen,

Geschmackshalluzinationen, aber die Stiftung arbeitet daran.

Was ist ein Pheromon, hatte Abramowski gesagt.

Das sind Duftstoffe, hatte Regine gesagt.

Mit Pheromonen spielt man nicht, hatte Franz Mering gesagt.

Wieso eigentlich nicht, dachte Jule. Sie liebte jede neue Teesorte und freute sich auf den Moment, wo sich im Wasser das Aroma entfalten konnte, und wie das duftete. Bis heute Mittag war sie entschlossen gewesen, sich eine fünfte Sprühflasche Vaporix zu besorgen, eigentlich ein Luxus, weil es nur drei pro Haushalt auf die Di-Card gab, aber für »Apple-Blossom« hätte sie sich die dreißig Punkte abbuchen lassen, wenn nicht heute Mittag Franz Mering so wütend gewesen wäre. So ein freundlicher Mann, und dann so ein Wutanfall. Jule würde mit »Apple-Blossom« noch warten.

In seiner Wohnung saß Timon Abramowski nach dem Abwasch vor dem Bildschirm und überlegte, ob er sich einen von seinen alten Verschwörungsfilmen ansehen sollte. »Mord im Weißen Haus« fiel ihm ein, aber als er es sich genau überlegte, hatte er darauf keine Lust. Er hatte so sehr keine Lust, dass er sich dabei erwischte, wie er dachte, den könnte ich eigentlich löschen. Den »Unsichtbaren Dritten« von Hitchcock würde er nicht löschen. Eigentlich hatte er gedacht, dass er bis an sein Lebensende immer wieder mal Lust haben würde, sich den »Unsichtbaren Dritten« anzusehen, aber heute hatte er keine Lust, und er spürte, dass das bis an sein Lebensende so bleiben würde. Er hatte nicht einmal Lust auf Fincher, obwohl er eigentlich alles von Fincher liebte. Alles bis auf »Millennium« natürlich, und besonders liebte er »The Game«.

Komischer deutscher Titel, »Das Geschenk seines Lebens«, dachte Timon Abramowski. Und wusste im selben Moment, dass er auch keinen Film von David Fincher mehr sehen würde. Dass er überhaupt keine Filme mehr sehen würde.

Er nahm es sich nicht vor, sondern es war einfach so. Von einem Moment auf den anderen hatte Abramowski verstanden, was Zwi Benda ihm oder seiner Tusnelda hatte erzählen wollen, und er wusste, dass Pola Nogueira und ihr Kind das Geschenk seines Lebens waren.

Drei Monate müssen wir noch durchhalten, dachte er. Wahrscheinlich eher vier.

*

Es war nicht meine Idee, sagte Pola, als Timon und sie Jule Tenbrock die fehlenden Teile für ihr Service gaben.

Jule wurde allmählich zutraulicher. Das erleichterte Pola das Leben auf dem Dachboden sehr, besonders nachdem Jule eines Tages zu ihr hochgekommen war und gefragt hatte, ob sie Zsazsa streicheln dürfe.

Was meinst du, Zsazsa, sagte Pola. Darf sie.

In der letzten Zeit hatte sie manchmal das Bild

wieder vor Augen, wie Zsazsa die Haare am Nacken aufstellt, wie sie grollt und zum Sprung ansetzt, die Zähne fletscht und wie sie sich später winselnd ganz platt auf den Boden drückt, sie hatte den ganzen langen Weg durch die endlosen Felder wieder vor Augen und konnte ihn nicht wegschieben oder -wischen, die riesige Maschine mit den riesigen Scheinwerfern auf den Feldern, und Zsazsa, wie sie bis aufs Blut kämpfte, und hinterher lag sie ganz platt und halb tot auf dem Boden, Pola lag auch halb tot auf dem Boden.

Aber jetzt sind wir beide am Leben, dachte sie.

Darf ich, sagte Jule noch einmal zaghaft, weil Pola nicht sofort Ja gesagt hatte.

Ich denke, das lässt sich machen, sagte Pola.

Jule bewegte ihre Hand auf Zsazsas Nase zu, und Zsazsa hob den Kopf, weil die Bewegung sie irritierte.

Jule zuckte und zog sofort ihre Hand zurück.

Pola sagte, Sie müssen keine Angst haben. Angst hilft nicht.

Komm, Zsazsa, wir erklären ihr, wie es geht, sagte sie. Sehen Sie, sie mag das.

Schließlich strich Jule dem Hund über den Rücken und sagte, fühlt sich richtig gut an.

Als es kälter wurde, bot sie Pola an, Zsazsa gelegentlich abends rauszubringen, und Pola nahm gern an.

Kurz nach Neujahr hätte Pola mit Timon noch einmal in die Vorstädte gehen wollen. Isabella hatte versprochen, sich in der Gegend umzusehen und alles zu sammeln, was für die Geburt und das Kleine anschließend nützlich sein könnte, aber schon um Weihnachten merkte Pola, dass sie sich schwer und schwerfällig fühlte und allmählich etwas schonen sollte.

Sie erzählte Jule manchmal vom Leben da draußen, von der Villa, aus der das schöne Geschirr stammte, von der Wildnis, die dort entstanden war, von den streunenden Hunden, den Fischen im Berlenbach, und jedes Mal sah sie, wie Jule neugierig wurde, wie all die schönen Sachen, die es da draußen gab, sie lockten, aber immer überwog die Angst. Deshalb weihten Pola und Timon sie zwar ein, als Timon mit Zsazsa allein losging, Timon gab ihr seine Di-Card, und Jule holte drei Tage lang irgendwelche scheußlich schmeckenden Boxen, aber sie fragten nicht, ob sie Timon begleiten und einen weiteren Rucksack voll Stoffe und Tücher mitbringen könnte, irgendetwas, aus dem man Windeln herstellen konnte, und etwas anzuziehen für das Kind.

Das Kleine strampelte jetzt so kräftig, dass man auf Polas enorm dickem Bauch die Beulen sehen konnte, die es mit den Füßen trat.

Darf ich mal anfassen, sagte Jule eines Abends und zeigte auf Polas Pullover, unter dem es sichtbar zuckte.

Als Jule die Bewegung spürte, zog sie schnell wieder ihre Hand zurück.

Irgendwann entdeckte sie die Umschläge, die die alte Malenka Pola zum Abschied gegeben hatte.

Was steht da drauf, sagte sie.

Na lesen Sie's doch, sagte Pola.

Das ist aber Schreibschrift, sagte Jule.

Und?

Ist doch längst abgeschafft, sagte Jule, und Pola las ihr vor: Bevorzugt halbschattigen Standort, verträgt keine Staunässe, regelmäßig Kompost zugeben.

Versteht kein Mensch, sagte Jule. Klingt aber gut.

Pola zeigte auf einen der Briefumschläge und sagte, das zum Beispiel sind Zwiebelsamen. Sie mögen doch Zwiebeln, oder.

Jule sagte, darf ich mal sehen, betrachtete ehrfürchtig die kleinen schwarzen Punkte, die Pola mit dem Zeigefinger herausholte und die ihr an der Fingerkuppe klebten.

Es ist noch ein bisschen früh, um Zwiebeln zu pflanzen, sagte Pola, aber wenn Sie mögen, können wir's probieren.

Sie zeigte Jule ein paar von den ausrangierten Töpfen, die sie in einer Ecke des Dachbodens gefunden und einen nach dem anderen hervorgekramt hatte, um sie mit der Blumenerde zu füllen, die Timon ihr nach seinen Arbeitsstunden im Grünbereich brachte, und während sie die schwarzen Pünktchen auf der Erde verteilte und damit bedeckte, sagte sie, und wenn die alle aufgehen, ergibt das die schönste Zwiebelsuppe.

*

Jule Tenbrock hatte keine Ahnung, wie Pola es gemacht hatte, aber in der Nacht zum fünften Februar hatte sie ein Mädchen auf die Welt gebracht. In dieser Nacht konnte Jule nicht schlafen, weil Pola ein paarmal fürchterlich schrie; Jule konnte nur hoffen, dass die anderen im Haus es nicht hörten, aber die anderen rochen auch nicht, was da oben gekocht wurde, selbst der Hausdienst schien nicht zu merken, was da vor sich ging.

Einmal traf Jule ihn, als er aus einer Wohnung im ersten Stock kam. Im Treppenflur roch es nach etwas, das Pola seit dem Weihnachtsfest oft kochte, weil in »Grandma's Cooking Corner« Gänsebraten mit Rotkohl angebrannt war, und inzwischen wusste Jule, wie Rotkohl roch und schmeckte, wenn er nicht angebrannt war.

Sie wusste auch, dass Zsazsa nicht an der mutierten Leptospirose litt und sie sie ohne Bedenken streicheln konnte.

Papperlapapp, sagte Pola, wenn Jule von der Geburt sprach, von all den Infektionsgefahren, von den Keimen, die auf dem Dachboden lauerten und die, wenn schon nicht für Erwachsene, so doch ganz sicher für das Neugeborene gefährlich sein würden.

Papperlapapp.

Der Hausdienst schloss die Tür im ersten Stock.

Jule sagte, Tag.

Tag, sagte er, und Jule sagte, finden Sie nicht, dass es hier komisch riecht.

Ich riech nichts, sagte er und ging runter.

Pola nannte das Mädchen Mike.

Komischer Name für ein Mädchen, sagte Jule.

Pola sagte, der Name ist aus einem Film, den ich

gar nicht kenne. Timon hat mir den Film erzählt, als er das erste Mal mitgekommen ist und wir die Villa aufgemacht haben.

Das Baby hatte genauso schwarze Haare wie seine Mutter.

Manchmal war es kalt da oben, dann brachten Timon und Jule ihnen noch ein paar zusätzliche Decken zu ihrer Heizdecke dazu, damit es alle beide warm hatten, und nach dem Karnevalsfest in der Meile ging Jule mit Timon in der Nacht zu den Containern, um Polas Vorräte aufzufüllen. Die Zwiebelsamen auf dem Dachboden gingen auf, aber Jule musste nicht bis zur Ernte warten, bis Pola Zwiebelsuppe kochte, sie sah ihr dabei zu, und es war ganz einfach, so einfach wie die Apfelklöße danach. Irgendwann merkte sie, dass sie schon seit Wochen nicht mehr »Cosy Home« gesehen hatte und dass sie seit dem »Wettbewerb der Kulturen« kein einziges Voting mehr abgegeben hatte. Es war einfach so, dass sie lieber bei Pola Zwiebelsuppe und Apfelklöße kochte, als bei sich unten an der Konsole zu sitzen, es war so, dass sie sich an Pola gewöhnt hatte und jetzt an die kleine Mike, die so winzig und so niedlich war, dass Jule aufpassen musste, in der Wäscherei nicht auszuplaudern, wie drollig es aussah, wenn sie mit ihren Minifingern vor ihrem Gesicht herumfuchtelte.

Selbst als die Stiftung ein Abschiedsfest für den Chef veranstaltete und es für alle ein Glas Wein gab, hielt sie den Mund, obwohl sie nach einem Glas Wein eigentlich immer ins Plappern geriet.

Jule Tenbrock dachte nicht so sehr darüber nach, wie es mit Pola und dem Baby weitergehen würde, aber am 6. März wurde ihr klar, dass Pola Nogueira und Timon Abramowski den ganzen Winter lang darüber nachgedacht haben mussten. Am 6. März sah Jule beim Nachhausekommen, dass vor ihrer Wohnungstür der Topf stand, in dem Pola die schwarzen Pünktchen verteilt hatte und aus dem inzwischen Zwiebelgrün wuchs. Unter dem Zwiebeltopf und um ihn herum war das königliche Service gestapelt. Vollständig.

Pola hatte ihr die vierundzwanzig Teile geschenkt, die Jule eigentlich bei Kabel 7 hatte gewinnen wollen, wegen des Candle-Light-Dinners, an das sie schon lange nicht mehr dachte. So wenig wie an »Cosy Home«.

Die restlichen Teile des Geschirrs hatten Timon und Pola oben auf dem Dachboden für sich gebraucht. Und jetzt brauchten sie sie nicht mehr und hatten sie vor Jules Tür gestellt.

Jule trug alles vorsichtig in die Wohnung und fing an zu zählen. Sie zählte wie im Reflex, ohne zu denken und ohne irgendeine Regung, es war rein automatisch, und als sie bei sechsundfünfzig war, hörte sie plötzlich auf, weil sie daran denken musste, wie sie Pola und Timon beim Oktoberfest in der Meile gesehen hatte, zu dritt, obwohl der Hund damals gar nicht in der Meile gewesen war, aber auf dem Bild hatte sie sie alle drei gesehen. Links den Mann, in der Mitte die Frau und rechts von der Frau den Hund. Sie hatte sie von hinten gesehen, also war das

Kind nicht mit auf dem Bild gewesen, aber jetzt wusste Jule, dass sie Mike bei sich hatten, als sie weggegangen waren. Sie sah sie langsam zum Zaun gehen, ganz langsam, und schließlich waren sie durch den Zaun hindurch und verschwunden.

Jule zählte noch bis sechsundneunzig weiter und dachte, dass sie das Geschirr wahrscheinlich in ihrer Vitrine gar nicht unterbringen könnte. Selbst wenn sie all den Plunder, den sie darin aufbewahrte, wegwerfen würde, könnte es sein, dass der Platz für das königliche Geschirr nicht reichte. Handpainted since 1775. Sie überlegte, ob die Punkte auf ihrer Di-Card für die Anschaffung einer größeren Vitrine reichen würden, und mitten in diese Überlegungen hinein hörte sie ihre eigene Stimme, wie sie laut und vernehmlich sagte,

Das wüsste ich aber doch jetzt gern, ob das möglich wäre: Liebe ganz ohne Gefahr.

PIPER

Birgit Vanderbeke

Das lässt sich ändern

Roman. 160 Seiten. Gebunden

Natürlich war Adam Czupek nicht der Richtige für sie. Mit solchen Leuten, die nach Holz und Metall und Arbeit riechen und nichts vom Reden halten, kann man doch nicht sein Leben verbringen. Dachten ihre Eltern. Aber was wussten sie, deren Ehe längst am Ende war, schon von der Liebe, was wussten sie von Adam Czupek? Für ihn ist noch nie irgendetwas geradeaus gegangen. Das Leben mit ihm und den beiden Kindern wird zum Abenteuer jottwehdeh auf dem Land. Und als sie von Bauer Holzapfel die Streuobstwiese geschenkt bekommen, hat Adam schon längst einen Plan.

01/1908/01/R

PIPER

Birgit Vanderbeke
Fehlende Teile

Roman. 112 Seiten. Piper Taschenbuch

Lila trägt schwarzes, welliges Haar und ist von Beruf Schau-
spielerin. Sie ist etwas chaotisch, geht gern allein spazieren
und hat einen Hang zum Luxuriösen. Und sie liebt einen
Mann, der – zumindest manchmal – blind ist. Beide leben
sie ihre »Liebeslügen«, spielen mit Identitäten und täuschen
sich bewusst. Und so bleibt alles Inszenierung und schöner
Schein – ob Liebe, ob Eifersucht ...

01/2002/01/R

PIPER

Birgit Vanderbeke

Das Muschelessen

Roman. 112 Seiten. Piper Taschenbuch

Angespannt wartet die Familie am gedeckten Tisch auf den Vater. Mutter, Tochter und Sohn sitzen vor einem Berg Muscheln, die allein das Oberhaupt der Familie gerne isst. Um die zähe Wartezeit zu überbrücken, beginnen sie miteinander zu reden. Je mehr sich der Vater verspätet, desto offener wird das Gespräch, desto umbarmherziger der Blick auf den autoritären Patriarchen und desto tiefer der Riss, der die scheinbare Familienidylle schließlich zu zerstören droht.

01/2003/01/R

PIPER

Julia Schoch
Selbstporträt mit Bonaparte

Roman. 160 Seiten. Gebunden

Weggehen hieß bei Bonaparte wiederkehren so ist es immer
gewesen. Doch diesmal bleibt Bonaparte verschwunden.
Und sie muss sich fragen, ob nur die obsessive Liebe zum Rou-
lette es war, die sie miteinander verband? Julia Schoch erzählt von einer ungewöhnlichen Leidenschaft, messerscharf
und doch poetisch.
»Bevor Bonaparte abgereist ist, haben wir uns geliebt. Nicht
wie sich Paare zum letzten Mal lieben. Aber ich habe ohne-
hin nie gewusst, was eine Steigerung in dieser Hinsicht bedeu-
ten könnte.«
Seitdem sie ihm auf einer Konferenz in Berlin begegnet ist, bestimmt sein Schicksal ihr Leben. Nun ist Bonaparte, noto-
rischer Spieler und ihr Geliebter, weg. Zögerlich zunächst,
aber auch beharrlich geht sie seinem Verschwinden nach,
hinterfragt ihre Liebe und das, was sie mit Bonaparte verbin-
det. Ist mit dem gemeinsamen Glücksspiel auch ihre Lie-
besgeschichte verlorengegangen?
Auf der Suche nach den verborgenen Fäden der Vergangen-
heit entsteht gleichzeitig das Porträt unserer Gegenwart, die in
einem Stillstand gefangen zu sein scheint, vor dem uns und die
Erzählerin einzig die Leidenschaft zu retten vermag.

01/1998/01/R